Fabian Lenk

1000 Gefahren bei den Indianern

In der Reihe „1000 Gefahren" sind erschienen:

RTB 52339 · Vince Lahey, *Der Fluss der 1000 Gefahren*

RTB 52340 · Edward Packard, *Die Insel der 1000 Gefahren*

RTB 52343 · Edward Packard, *1000 Gefahren zur Geisterstunde*

RTB 52344 · R. A. Montgomery, *Der Urwald der 1000 Gefahren*

RTB 52345 · Fabian Lenk, *Das Meer der 1000 Gefahren*

RTB 52346 · Fabian Lenk, *Die Pyramide der 1000 Gefahren*

RTB 52361 · Fabian Lenk, *Das Fußballspiel der 1000 Gefahren*

RTB 52363 · Fabian Lenk, *Die Wüste der 1000 Gefahren*

RTB 52366 · Edward Packard, *1000 Gefahren im Weltall*

RTB 52385 · Frank Stieper, *Das U-Boot der 1000 Gefahren*

RTB 52396 · Fabian Lenk, *1000 Gefahren auf dem Piratenschiff*

RTB 52397 · Edward Packard, *1000 Gefahren im Strafraum*

RTB 52407 · Fabian Lenk, *1000 Gefahren im Gruselschloss*

RTB 52408 · Frank Stieper, *1000 Gefahren – Angriff der Roboterspinnen*

RTB 52426 · Frank Stieper, *Das Labor der 1000 Gefahren*

RTB 52437 · Frank Stieper, *1000 Gefahren im Internet*

RTB 52463 · Fabian Lenk, *1000 Gefahren in der Drachenhöhle*

RTB 52474 · Fabian Lenk, *1000 Gefahren bei den Rittern der Tafelrunde*

RTB 52475 · Edward Packard, *1000 Gefahren am Katastrophentag*

RTB 52498 · Fabian Lenk, *1000 Gefahren im alten Rom*

RTB 52499 · Fabian Lenk, *1000 Gefahren bei den Wikingern*

RTB 52500 · Fabian Lenk, *1000 Gefahren bei den Samurai*

RTB 52501 · Fabian Lenk, *1000 Gefahren im Reich des Pharao*

RTB 52516 · Fabian Lenk, *1000 Gefahren im Fußballstadion*

RTB 52526 · Fabian Lenk, *1000 Gefahren bei den Dinosauriern*

RTB 52527 · THiLO, *1000 Gefahren vor Weihnachten*

RTB 52541 · Fabian Lenk, *1000 Gefahren bei den Indianern*

RTB 52542 · Fabian Lenk, *1000 Gefahren im Reich des Maharadschas*

Fabian Lenk

1000 GEFAHREN
DU ENTSCHEIDEST SELBST!

1000 Gefahren bei den Indianern

Mit Illustrationen
von Rolf Bunse

Ravensburger Buchverlag

MIX
Aus verantwortungs-
vollen Quellen
FSC® C114500

Als Ravensburger Taschenbuch
Band 52541
erschienen 2015

Coverillustration: Stefani Kampmann

Printed in Germany

1 2 3 4 D C B A

ISBN 978-3-473-52541-6

www.ravensburger.de

Warnung!

Lies dieses Buch nicht in einem Zug von vorne bis hinten durch. Es enthält verschiedene Abenteuer, die du bei den Indianern erleben kannst. Oft darfst du beim Lesen zwischen mehreren Möglichkeiten wählen. Wenn du dich für einen Weg entschieden hast, dann folge den Anweisungen, um herauszufinden, was als Nächstes passiert.
Aber Vorsicht! Das Leben eines Indianers ist hart. Ihr müsst euer Fleisch selbst erbeuten, in wilden Flüssen angeln und euch gegen feindliche Stämme verteidigen. Nur wer Mut und gute Freunde hat, kann in dieser rauen Welt bestehen. Denk also nach, bevor du dich entscheidest. Denn von dir hängt das Wohl des ganzen Stammes ab.

Viel Glück!

Die Männer machen sich bereit für die Jagd. Sorgsam überprüfen sie ihre Bögen und Pfeile. Ihre Gesichter sind ernst, niemand sagt ein Wort. Das Ziel der Jäger ist eine riesige Bisonherde, die in der Nähe der Stelle grast, an der ihr gerade eure Tipis aufschlagt. Die Bisonjagd ist gefährlich. Wer unter die Hufe eines solchen Tieres gerät, ist des Todes.

Dein stolzer Vater wird die Jäger anführen. Er ist der Häuptling eures Stammes, zu dem etwa zweihundert Cheyenne-Indianer gehören. Auch dein Onkel Akecheta gehört zu den Männern. Sein Name bedeutet „Krieger".

Du lächelst, während du zusiehst, wie sich Akecheta aus dem Stand auf sein Pferd schwingt. Krieger – das passt. Akecheta ist ein wahrer Hitzkopf und ein gefürchteter Kämpfer. Dein Vater dagegen ist ruhig und besonnen. Zu Recht trägt er den Namen Hiamovi, „großer Anführer".

„He, Yuma, träumst du?"

Du drehst dich um und siehst deine Mutter Lomasi.

„Hilf mir beim Aufbauen des Tipis!", ruft sie lachend. „Und danach kannst du Feuerholz sammeln."

Du seufzt. Tipi aufbauen, Holz suchen. Das ist nicht deine Welt. Du willst Abenteuer erleben. Du willst ein großer Jäger und Krieger werden, wie die Männer, die gerade aufbrechen.

Lies weiter auf Seite 8

Außerdem möchtest du einen richtigen, spannenden Namen haben. Noch heißt du Yuma, und das bedeutet: „Sohn eines Anführers." Na toll!

„Yuma, nun mach schon!"

Widerstrebend fügst du dich. Die Zeltbahnen bestehen aus zwanzig Büffelfellen, die Stangen aus Kiefernstämmen. Nach nur einer Stunde steht die fünf Meter hohe Behausung, die einen Durchmesser von sechs Metern hat. Neben euch wachsen weitere Tipis in den blauen Himmel.

Später sammelst du Holz beim großen Fluss, der in der Nähe vorbeifließt. Dein bester Freund Niyol und das schlaue Mädchen Ehawee begleiten dich. Du erzählst ihnen, was dich bedrückt.

„Das geht mir auch so", gibt Niyol zu. „Aber ich werde mich einer Mutprobe stellen. Dann bekomme ich einen Namen, auf den ich stolz sein kann!"

Du nickst. So ist es Gesetz bei den Cheyenne. Wer eine solche Mutprobe besteht, wird umgetauft. Dabei hat es Niyol noch vergleichsweise gut. Sein Name bedeutet „Wind".

Ehawee schaut dich fragend an. „Was ist mir dir?"

Du zögerst. Die Mutproben sind oft lebensgefährlich. Sicher wirst du das Dorf verlassen müssen. Außerdem habt ihr vor zwei Tagen einen anderen Indianerstamm in der Ferne gesehen – wilde Krieger, die auf Beute aus waren. Vielleicht solltest du besser im Dorf bleiben, um es im Notfall zu verteidigen …

Wenn du dich einer Mutprobe stellst,
lies weiter auf Seite **106**

Wenn du im Dorf bleibst,
lies weiter auf Seite **10**

Mit deinem scharfkantigen Tomahawk schälst du die Rinde eines Baumes ab und gewinnst auf diese Weise das klebrige Harz, das sich hervorragend zum Abdichten eignet.
Dann wirfst du Netz und Angel ins Kanu und paddelst los.
Nach kurzer Zeit gelangst du zu einer seichten Stelle, wo du schon einmal viele Fische gefangen hast. Doch diesmal zieht es dich weiter, du willst neue Jagdgründe entdecken. Die anderen werden stolz auf dich sein!
Der Fluss trägt dich immer schneller mit sich fort, du kannst dich einfach treiben lassen.
Doch da vernimmst du ein Donnern in der Ferne – ist das etwa ein Wasserfall? Oder sind das nur Stromschnellen, die du mit deinem Kanu meistern kannst?

**Wenn du sicherheitshalber an Land gehst,
um die Lage zu peilen,
lies weiter auf Seite** 51

**Wenn du im Kanu bleibst,
lies weiter auf Seite** 12

Eines Tages stehst du am Fluss und angelst. Da kommt dein Freund Niyol angerannt.
„Ich habe wilde Mustangs gesehen, ganz in der Nähe“, sprudelt es aus ihm heraus. „Ich werde versuchen, einen zu zähmen!“
Du bist sogleich Feuer und Flamme. Ein eigenes Pferd zu besitzen, wäre fantastisch! Aber einen Mustang bekommt man nicht geschenkt, den muss man sich verdienen. Seit jeher gehört es zum Brauch der Cheyenne, dass jeder sein eigenes Pferd zähmen muss – eine höchst schwierige Aufgabe.
„Ich bin dabei!“, sagst du und läufst mit Niyol zurück zu den Tipis, um deinen Eltern Bescheid zu geben.
„Du willst einen Mustang bändigen?“, sagt dein Vater mit hochgezogenen Augenbrauen. „Ein kühner Plan, aber ich traue dir zu, dass du es schaffst. Doch eigentlich wollte ich dich heute zum ersten Mal mit zur Bisonjagd nehmen.“

Wenn du versuchst, einen Mustang zu zähmen, lies weiter auf Seite **53**

Wenn du mit zur Jagd gehst, lies weiter auf Seite **14**

Und so zieht ihr gemeinsam los. Zu Fuß, denn ihr besitzt noch kein eigenes Pferd. Auch das muss man sich als Cheyenne erst einmal verdienen.
Ihr habt nur etwas Proviant dabei. Und zu eurem Schutz trägt jeder von euch ein Tomahawk mit einem Griff aus Holz und einer Klinge aus scharf geschliffenem Stein.
Vor euch liegt die schier endlose Prärie. Hüfthohe Gräser wiegen sich im Wind. Die Sonne brennt gnadenlos auf euch herab. Am Horizont ragen die Berge auf – die Heimat der Steinadler. Euer Ziel. Dort werden sich eure Wege trennen.
Gegen Abend seid ihr noch ein gutes Stück von den Bergen entfernt.
„Lass uns hier rasten und die Nacht verbringen", schlägst du vor.
Niyol ist einverstanden.
Gleich nach dem Sonnenuntergang legt ihr euch schlafen. Doch du kommst einfach nicht zur Ruhe. Die bevorstehende Aufgabe macht dich kribbelig. Niyol hingegen schläft tief und fest. Plötzlich hast du eine Idee: Wenn du dich jetzt vom Lager wegschleichst, bist du viel früher in den Bergen als Niyol.

Wenn du heimlich aufbrichst,
lies weiter auf Seite **55**

Wenn du bei Niyol bleibst,
lies weiter auf Seite **16**

Das Donnern wird zu einem Tosen, das Wasser treibt dich in hohem Tempo und unerbittlich vorwärts. Spitze Steine ragen aus den Fluten, umgestürzte Bäume haben sich zwischen ihnen verkeilt und sind dir im Weg.
Verzweifelt klammerst du dich an das Paddel, das du jetzt nur noch zum Steuern benutzt.
Du ratschst an einem Baumstamm vorbei und fürchtest, dass deine Bordwand aufgeschlitzt wird. Aber dein Kanu hält.
Jetzt schrappst du über einen tückisch scharfen Stein, der direkt unter der Wasseroberfläche liegt. Das Kanu wird zur Seite gedrückt und droht zu kentern.
Energisch wirfst du dich in die andere Richtung und bringst das kleine Boot wieder ins Gleichgewicht.
Gischt spritzt vor dir auf, das Tosen schwillt immer mehr an. Ach, wärst du doch nur an Land gegangen! Aber dazu ist es jetzt zu spät. Plötzlich schießt du auf eine Kante zu. Ein Wasserfall!

Wenn du über Bord springst und versuchst, dich an einem Fels festzuhalten, lies weiter auf Seite **70**

Wenn du im Boot bleibst, lies weiter auf Seite **17**

Was für eine Ehre! Du bist hellauf begeistert. Zur Bisonjagd werden nur die mutigsten und besten Männer mitgenommen. Denn die Jagd auf die Büffel ist alles andere als ungefährlich.

Häuptling Hiamovi bildet zwei Gruppen. Die eine wird mit ihm die Bisonherde in einem weiten Bogen umrunden und sich den Tieren in den Weg stellen. Die andere Gruppe soll unter der Leitung von Akecheta im Rücken der Bisons mehrere Feuer legen und sie dadurch auf Hiamovi und seine Leute zutreiben.

Dein Vater überlässt es dir, welcher Gruppe du dich anschließt.

**Wenn du bei deinem Vater bleibst,
lies weiter auf Seite** 22

**Wenn du mit Akecheta ziehst,
lies weiter auf Seite** 115

Hier in der Prärie, mit festem Boden unter den Hufen, könnte dich der Schecke vermutlich doch noch loswerden. Aber das stolze Tier bleibt ganz ruhig und friedlich.
Wieder und wieder streichst du ihm über die Mähne. Dann lässt du es dorthin trotten, wohin es mag.
Das Pferd rupft ein paar saftige Gräser ab. Als es fertig ist, versuchst du, den Mustang mit dem Druck deiner Schenkel in eine ganz bestimmte Richtung zu lenken – zu eurem Zeltdorf. Dabei redest du beruhigend auf ihn ein.
Und das Wunder geschieht: Das Pferd gehorcht dir! Etwas widerwillig, aber es klappt.
Nach einer gefühlten Ewigkeit erreichst du die Tipis.
Deine Freundin Ehawee ist begeistert, als sie den Mustang sieht: „Du hast dir das schönste Tier in der gesamten Prärie ausgesucht!"
Auch deine Eltern und die anderen Cheyenne loben dich.
In den nächsten Tagen verbringst du viel Zeit mit deinem Mustang. Du nennst ihn „Präriewind". Ihr werdet unzertrennliche Freunde!

Ende

Die ersten Sonnenstrahlen wecken euch. Nach einem einfachen Frühstück lauft ihr weiter und erreicht am frühen Abend die Berge.

„Sieh nur, zwei Steinadler!“, rufst du aufgeregt und deutest auf mehrere Bergzinnen.

Auch Niyol entdeckt die großen Tiere, die majestätisch ihre Kreise ziehen.

Ob die Adler dort oben ihren Horst haben? Findest du da vielleicht eine der begehrten Federn?

Die Vögel scheinen immer über derselben Stelle zu kreisen und du weißt, dass Adlerpaare ein Leben lang zusammenbleiben und ihre Jungen gemeinsam aufziehen …

Dann blickst du deinen besten Freund an und sagst traurig: „Ich glaube, hier müssen wir uns trennen.“

„Ja, das müssen wir wohl“, erwidert Niyol leise. „Da du die Adler als Erster gesehen hast, werde ich nach anderen suchen. Außerdem sieht diese Stelle äußerst gefährlich aus. Viel Glück!“

Du winkst ihm nach und beginnst mit dem Aufstieg. Anfangs kommst du gut voran, doch dann erreichst du eine Stelle, wo du dich entscheiden musst. Wählst du den direkten Weg über einen steilen Geröllhang oder den Umweg über einen schmalen Grat?

Wenn du dich für den direkten Weg entscheidest, lies weiter auf Seite 29

Wenn du den Umweg wählst, lies weiter auf Seite 82

Für einen Moment fliegt das Kanu geradeaus, doch dann neigt sich die Nase abwärts. In einem Höllentempo jagt das kleine Boot mit dir in die Tiefe. Schreiend klammerst du dich an der Bordwand fest, doch das hilft dir herzlich wenig: Als der Kahn unten auf dem Wasser aufschlägt, wirst du in hohem Bogen aus dem Kanu katapultiert. Du saust ein Stück durch die Luft und tauchst schließlich ins Wasser.

In einem Strudel aus Blasen wirst du von den herabstürzenden Wassermassen tiefer und tiefer gedrückt. Mit letzter Kraft kannst du dich aus dem tückischen Strudel befreien und schwimmst ans rettende Ufer, wo auch dein Kanu und das Paddel angeschwemmt wurden. Deine Fischerausrüstung kannst du ebenfalls bergen. Dann erholst du dich erst einmal. Anschließend schaust du dir dein Kanu an. Es hat den Sturz einigermaßen gut überstanden und du kannst das Boot notdürftig reparieren.

Als du deine Fahrt fortsetzen willst, bemerkst du, dass es beim Wasserfall von Fischen nur so wimmelt. Was für ein Glück! Statt weiterzupaddeln, beginnst du zu fischen und hast enormen Erfolg.

Später kehrst du mit deinem üppigen Fang zurück zu euren Tipis.

Tags drauf zieht dein Stamm zum Wasserfall und du wirst als großer Fischer gefeiert.

Ende

Hoch konzentriert beobachtest du mit Ehawee die weißen Männer. Deshalb bemerkt ihr nicht, dass sich jemand von hinten an euch heranschleicht.
Dann tippt dir dieser Jemand auf die Schulter.
Du wirbelst herum – und blickst in das Gesicht eines Cowboys, der seinen Colt auf euch gerichtet hat.
Ihr nehmt die Hände hoch. Der Kerl treibt euch ins Haus und der Bärtige befiehlt, dass ihr in einen Stall gesperrt werdet.
So ein Mist, jetzt könnt ihr euren Stamm nicht mehr warnen!
Vor der einzigen Tür des Stalls ist eine Wache postiert. Es ist der Indianer, der den weißen Männern als Übersetzer dient. Der Mann trägt ein Gewehr.

Wenn du trotzdem mit Ehawee einen Ausbruch wagen willst, lies weiter auf Seite **25**

Wenn du das lieber lässt, lies weiter auf Seite **90**

Nein, du hast ganz andere Ziele, du musst eine Adlerfeder finden! Also läufst du weiter zu den Bergen und suchst die Gegend tagelang ab. Doch du hast kein Glück. Du siehst zwar einen Adlerhorst, aber er ist für dich unerreichbar hoch.
Als dein Proviant zu Ende geht, musst du umkehren. Was für eine Schmach! Vor allem, weil Niyol Erfolg hatte. Dein Freund hat eine Adlerfeder ergattert und darf sich nun Makya, „der Adlerjäger" nennen. Und du? Du bleibst Yuma, der Sohn eines Anführers. Wirklich großartig ...
Aber du willst es allen zeigen. Vielleicht taugst du ja als Fischer. Neben Bisonfleisch ist Fisch eure Hauptnahrung – und geangelt hast du schon immer gern. Jetzt willst du eine besonders fischreiche Stelle finden. Dafür wirst du dein Kanu benutzen. Du willst erst dann zurückkehren, wenn du Erfolg hattest.

Doch als du in dein Kanu steigst, bemerkst du einen dünnen Riss in der Bordwand. Das darf doch nicht wahr sein! Die Reparatur wird dich vermutlich viel Zeit kosten. Aber ist sie überhaupt nötig?

Wenn du den Riss mit Baumwachs versiegelst, lies weiter auf Seite **9**

Wenn du darauf vertraust, dass der Riss nicht viel ausmacht, lies weiter auf Seite **105**

Der Mustang stürmt mit wehender Mähne zum See. Du hechelst dem Tier hinterher, bist aber viel zu langsam.
Am Wasser bleibt der Schecke stehen. Er wendet den Kopf zu dir, als wolle er schauen, ob du ihm auch brav folgst.
Macht sich das Tier einen Spaß mit mir?, fragst du dich.
Nun wiehert das Pferd. Dann trabt es in das Wasser, das ihm fast bis zum Bauch reicht. Offenbar will sich der Mustang abkühlen.
Das könnte deine Chance sein! Im Wasser wird der Mustang seine Schnelligkeit nicht ausspielen können. Aber seine Hufe könnten dich dennoch treffen – mit verheerender Wirkung.

Wenn du versuchst, dich auf den Rücken des Tieres zu schwingen, lies weiter auf Seite 46

Wenn du es lieber mit dem Seil probierst, lies weiter auf Seite 37

Enttäuscht kehrst du zu den Tipis zurück. Niyol verfolgt noch seinen Rappen, aber das hältst du für Blödsinn. Dein Freund wird das schnelle und scheue Tier nicht einholen.
Im Dorf sind alle Bewohner zusammengekommen, weil eine Gruppe von Bleichgesichtern aufgetaucht ist. Einer der Männer, er hat einen prächtigen Bart, redet gerade mit deinem Vater, Häuptling Hiamovi. Ein Indianer, der zu den weißen Männern gehört, übersetzt.
Neugierig gesellst du dich dazu. Neben dir steht die pfiffige Ehawee.
„Die wollen eine Dampfrosslinie bauen!", flüstert sie. „Durch unser Land! Und das Wasser vom Fluss brauchen sie für ihre Dampfrösser. Hier soll ein Bahnhof entstehen!"
Dein Vater hört dem Wortführer der Weißen ruhig zu. Der Bärtige verlangt, dass die Cheyenne weiterziehen. Dafür bietet er ihnen Feuerwasser und ein paar alte Gewehre.
„Nein", lautet Hiamovis Antwort. „Denn beides brauchen wir nicht. Aber unser Land."
Da wird der Anführer der Weißen wütend. „Das werdet ihr noch bereuen!", droht er, bevor er mit seinen Leuten wegreitet.
„Er wird nicht wagen, uns anzugreifen", behauptet dein Vater. „Wir sind viel zu viele und zu stark."
Wirklich? Da hast du deine Zweifel …

Wenn du den Weißen nachschleichst,
lies weiter auf Seite **108**

Wenn du nichts unternimmst,
lies weiter auf Seite **40**

Die Tiere haben euch nicht bemerkt und ihr legt euch hinter ein paar Felsbrocken auf die Lauer. Zur Tarnung tragt ihr Bisonfelle.

Die riesige Herde trottet gemächlich auf euch zu. Die Tiere haben die bulligen Schädel gesenkt und grasen.

„Sieh nur, Vater, da hinten steigt Rauch auf!", flüsterst du Hiamovi zu, der neben dir kauert.

„Akechetas Feuer, gleich geht es los!", antwortet er und greift zu Pfeil und Bogen. Auch du schnappst dir deine Waffen.

Plötzlich beginnt der Boden zu beben – die Herde hat sich in Bewegung gesetzt, flieht panisch vor dem Feuer. Laut donnern Tausende von Hufen auf euch zu! Nun kommen dir die Steine als Deckung lächerlich klein vor.

„Bleib ruhig!", mahnt dich dein Vater.

Du starrst nach vorne. Über der Herde schwebt eine Wolke aus aufgewirbeltem Staub, dahinter steigt der schwarze Qualm des Feuers auf. Einige Tiere brüllen vor Angst. Jetzt sind die Bisons hundert Meter von euch entfernt, dann nur noch fünfzig.

Und Hiamovi? Der springt hinter dem Stein hervor, den Bogen gespannt, und zielt auf den ersten Büffel. Doch von rechts stürmt ein weiteres Tier heran, ohne dass der Häuptling es bemerkt.

Wenn du deinem Vater eine Warnung zurufst, lies weiter auf Seite **102**

Wenn du ihn zur Seite ziehst, lies weiter auf Seite **42**

Das Wasser ist eiskalt und tief. Du würdest darin bestimmt ertrinken.
Nein, das ist es nicht wert.
Traurig verlässt du die Höhle. Vom Medizinmann fehlt jede Spur, er ist entkommen.
Dann reitest du zu euren Tipis zurück und erstattest Bericht.
„Es ist wirklich sehr schade, dass das Medizinbündel und das Amulett weg sind", sagt Satinka betrübt. „Trotzdem danke ich dir. Denn ohne dich wären diese heiligen Dinge jetzt im Besitz eines gemeinen Diebes."
Diese Worte trösten dich ein wenig – denn nun weißt du, dass dein Einsatz nicht völlig umsonst war.

Ende

Ihr schmiedet einen kühnen Plan: Ihr wollt den Wachmann in den Stall locken und ihn mit einem Holzeimer außer Gefecht setzen.
„Wir haben so großen Durst", beginnt Ehawee zu jammern und bollert gegen das Tor. Daneben lauerst du, den Eimer fest in der Hand.
Nachdem Ehawee noch eine Weile gejammert hat, erbarmt sich der Wachmann endlich und sperrt das Tor auf.
Zack!, schon schlägst du zu.
Doch der Mann reagiert blitzschnell und kann ausweichen. Er packt dich und versetzt dir einen Hieb, der dich kurz ins Reich der Träume schickt.
Anschließend wirst du gefesselt. Ehawee ergeht es ähnlich.
Und so könnt ihr den Überfall auf euren Stamm nicht verhindern. Er wird vertrieben. Wenigstens wird niemand getötet oder ernsthaft verletzt.
Ehawee und dich lässt man nach der Attacke frei. Geknickt kehrt ihr zu euren Familien zurück.

Ende

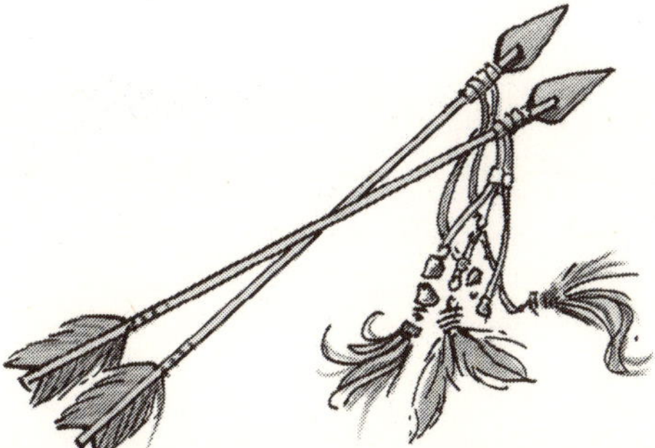

Nein, mit einem Sattel kann ein Cheyenne nichts anfangen! Die weißen Männer bieten dir ein Paar Stiefel an. Auch das ist nichts für dich. Es geht doch nichts über deine Mokassins. Weitere Vorschläge sind: eine Flasche Feuerwasser, ein Messer und ein Hut. Auweia!

Aber irgendetwas solltest du als Gegenleistung annehmen, um die Männer nicht zu kränken … Du lässt deinen Blick über die schäbige Siedlung und die Bleichgesichter schweifen. Plötzlich siehst du etwas, was dein Herz höherschlagen lässt! Einer der Goldsucher trägt als Zierde eine Adlerfeder am Hut!

Du deutest auf die Feder und der Mann schenkt sie dir sofort. Er freut sich sichtlich, dass er und seine Kumpanen so billig davongekommen sind.

Dann hilfst du den Goldsuchern bei der Jagd und sorgst dafür, dass sie sich endlich mal wieder die Mägen füllen können. Am Abend lassen sie dich nach Hause ziehen.

Voller Stolz zeigst du deinem Vater die Feder des Steinadlers und bekommst den neuen Namen: Nun heißt du Makya, „der Adlerjäger“. Du bist unendlich stolz.

Wie du an die Feder gekommen bist, behältst du jedoch für dich …

Ende

Du versuchst, die Wunde zu säubern, das Gift irgendwie aus deinem Körper zu waschen. Doch es nützt nichts. Deine Kräfte schwinden zusehends. Ach, wäre doch nur Niyol da, er könnte dir helfen. Hoffentlich kommt er bald. Der Weg in die Berge führt direkt an dir vorbei, er wird dich sehen und dann wird alles gut.
Doch Niyol taucht nicht rechtzeitig auf. Das Gift ist zu stark …

Ende

Du hast keine Zeit zu verlieren. Die Sonne brennt gnadenlos auf dich herab, als du den steilen Hang erklimmst. Immer wieder rutscht Geröll unter deinen Mokassins weg.
Nach einer halben Stunde legst du eine kleine Pause ein. Rechts, ein gutes Stück unter dir, siehst du Niyol, der es an einer anderen Stelle probiert. Hat er einen zweiten Horst entdeckt? Oder will Niyol dir etwa Konkurrenz machen und hat es auf deinen Horst abgesehen?
Du schaust nach oben. Da sind die Adler! Nach wie vor kreisen sie über den Zinnen. Weiter! Meter für Meter kämpfst du dich hinauf. Deine Muskeln brennen, Schweiß steht dir auf der Stirn. Aber du lässt nicht locker. Du willst die Feder unbedingt haben!
Doch dann hast du Pech. An einer besonders steilen Stelle geben die kleinen Steine unter deinen Füßen nach, du löst eine Geröllawine aus, die dich mit in die Tiefe reißt.

Ende

„Nein, ich glaube, das wäre gegen die Regeln", sagst du schließlich. „Du bist mein bester Freund, aber im Moment sind wir leider Gegner. Wir sollten es allein versuchen, vielleicht auch an einer anderen Stelle. Es gibt ja noch weitere Steinadler."
Niyol schaut dich lange an. Dann wendet er sich wortlos ab und geht seiner Wege.
Das tust du auch. Die nächsten Tage suchst du weiter nach der Feder des Adlers. Doch du hast einfach kein Glück.
Geplagt von Hunger und Durst kehrst du schließlich unverrichteter Dinge nach Hause zurück. Auf dem langen Rückmarsch dämmert es dir, dass es vielleicht besser gewesen wäre, sich mit Niyol zusammenzutun.
Aber diese Einsicht kommt zu spät.

Ende

Du schleichst noch dichter an die Siedler heran und zückst sicherheitshalber dein Tomahawk. Aus Versehen trittst du auf einen dürren Ast. Es knackt laut und einer der Männer mit den Gewehren entdeckt dich.
Und was sieht er da? Einen jungen Indianer mit einer gefährlichen Waffe! Prompt zieht der Siedler die falschen Schlüsse. Er hebt das Gewehr und drückt ab.
Und du weißt: Das ist das

Ende

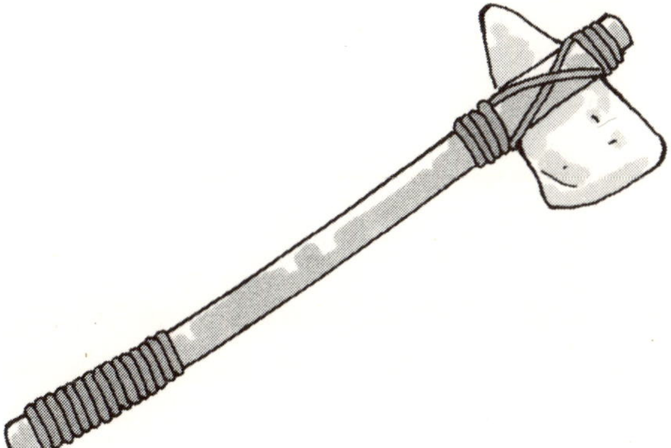

32

„Ich habe eine Idee“, sagst du lächelnd zu deinen Freunden. Dann weihst du sie in deinen Plan ein.
Als es ganz dunkel ist, schlagen die beiden weißen Jäger ihr Nachtlager unter freiem Himmel auf.
Während die anderen auf eure Pferde aufpassen, näherst du dich den Bleichgesichtern. Du spähst hinter einem Felsen hervor und beobachtest die Kerle.
Sie unterhalten sich noch ein wenig, dann schlafen sie ein.
Sehr gut!
Nun schleichst du noch weiter an die Männer heran. Und da sind sie, die Gewehre!
Vorsichtig stibitzt du die Waffen und ziehst dich lautlos mit deiner Beute zurück.
Kurz darauf bist du wieder bei deinen Freunden. Und noch in derselben Nacht vergrabt ihr die Gewehre – jetzt können sie keinen Schaden mehr anrichten.

Ende

Du fühlst dich einfach zu schwach, um den Dieb zu verfolgen. Dafür hat natürlich jeder Verständnis.
Satinka alarmiert Hiamovi, Akecheta und die anderen Männer, die ausgerechnet heute alle auf der Jagd waren.
Die Männer machen sich sofort auf die Suche nach dem Dieb, können ihn aber nicht finden.
Der Mann bleibt verschwunden – und mit ihm das Medizinbündel und das heilige Amulett.
Satinka ist untröstlich …

Ende

„Lasst uns den Spuren folgen, solange sie noch frisch sind", sagst du.
Niyol gibt nach, und so lauft ihr durch die kühle Nacht.
Im Mondlicht könnt ihr die Hufspuren gut erkennen. Aber natürlich seid ihr viel, viel langsamer als die Reiter …
Tief in der Nacht seht ihr einen Feuerschein.
„Das wird das Lager der Kerle sein", raunst du deinen Freunden zu. „Vielleicht können wir unsere Leute befreien."
Ohne einen Mucks zu machen, schleicht ihr an das Lager heran. Mehrere Tipis sind um einen Feuerplatz errichtet worden. Hinter einem Busch verbergt ihr euch und beobachtet die gespenstische Szene.
Eure Leute sind an Händen und Füßen gefesselt worden und kauern mit hängenden Köpfen in einem großen Pferch.
Wie Tiere!, denkst du empört.
Dein Vater ist jedoch nicht unter ihnen. Für Häuptling Hiamovi haben sich die Schurken etwas besonders Böses einfallen lassen: Sie haben ihn an den Marterpfahl gebunden! Johlend tanzen sie um ihn herum und schleudern ihre Tomahawks direkt über seinem Kopf ins Holz.
Hiamovi verzieht keine Miene.
Dich packt eine unfassbare Wut!

**Wenn du ein Tipi anzündest,
um die Feinde abzulenken,
lies weiter auf Seite** 95

**Wenn du ihre Pferde raubst,
lies weiter auf Seite** 114

Du bist noch ein wenig schwach auf den Beinen, doch die Männer aus deinem Dorf sind gerade alle auf der Bisonjagd. Also willst du den Täter verfolgen. Das bist du Satinka schuldig.
„Das ehrt dich", sagt die Frau zu dir, deren Name „verzauberte Tänzerin" bedeutet. „Der oberste Gott Heammawihio wird dich auf deinem Weg beschützen. Er ist unser Schöpfer und Lehrer und brachte uns alles bei: wie man Feuer macht, erfolgreich jagt und Korn pflanzt. Und Ahk tun o' wihio, unser Gott des Wassers, wird dafür sorgen, dass du in der Weite der Prärie nicht verdurstest."
Du nickst tapfer. Dann suchst du nach Hinweisen. Wohin kann der Medizinmann gezogen sein? An einem der äußeren Zelte entdeckst du frische Hufspuren, die zu den Bergen führen, wo auch die Steinadler leben.
Du bewaffnest dich mit deinem Tomahawk, leihst dir ein Pferd von Satinka und folgst den Spuren. Du hast Glück. Die Nivstanivoo, die vier Geister der Himmelsrichtungen, scheinen heute zu schlafen. Kein Wind weht und verwischt die Spuren.
Schließlich endet die Fährte am Fuß der Berge, genau vor einer Höhle. Ist der Verdächtige hineingegangen oder den Berg hinaufgestiegen?

Wenn du die Höhle betrittst,
lies weiter auf Seite **59**

Wenn du den Berg besteigst,
lies weiter auf Seite **45**

Du lockerst das Seil, das du dir um die Hüften gebunden hast. Vorne hat es eine breite Schlaufe, die man zuziehen kann. Du kneifst ein Auge zu, dann wirfst du das Seil.
Treffer! Es landet genau über dem Hals des Schecken.
Doch das Tier hält offenbar herzlich wenig von dieser Art der Behandlung. Es stürmt im Wasser vorwärts und du verlierst auf dem rutschigen Untergrund das Gleichgewicht.
Der Mustang schleift dich eine Runde durch die Fluten und du schluckst eine Menge Wasser. Schließlich lässt du das Seil los und das Pferd entkommt dir. Pitschnass sitzt du am Ufer. Pferd weg, Seil weg. Was für ein Reinfall!
Du trottest heim zu euren Tipis. Deinem Freund Niyol ist es besser ergangen als dir, er hat seinen Mustang …
„Mach dir nichts draus", versucht er, dich zu trösten. „Deine Chance wird noch kommen. Und heute Abend kommst du bestimmt auf andere Gedanken. Es ist doch Sommersonnenwende und wir dürfen zum ersten Mal an der geheimnisvollen Zeremonie teilnehmen."

Lies weiter auf Seite 88

38

Es wird ein langer, trauriger Marsch. Aber immerhin hast du deinen besten Freund an deiner Seite.
Als ihr nicht mehr weit von euren Tipis entfernt seid, bemerkst du einen Treck mit weißen Siedlern.
„Was haben die in unseren Jagdgründen verloren?", fragst du.
Niyol winkt ab. „Lass sie doch. Die ziehen bestimmt weiter und wir sehen sie nie wieder."
„Möglich – oder auch nicht", erwiderst du. „Wir sollten herausfinden, was diese Leute vorhaben."
„Ohne mich, ich will nach Hause", sagt dein Freund und geht weiter.
Doch du willst Klarheit haben. Was planen die Bleichgesichter?

Lies weiter auf Seite 74

„Niemals, die Sachen gehören Satinka!“, erwiderst du schroff.
„Du Narr!“, spottet der Mann. „Warum willst du den Helden spielen? Siehst du nicht, dass ich ein Messer habe?“
„Und ich habe einen Tomahawk!“, antwortest du äußerlich ruhig.
Der Medizinmann legt den Kopf in den Nacken und lacht schallend. Dann verlässt das Messer seine Hand und wirbelt auf dich zu. Doch damit hast du gerechnet. Blitzschnell reißt du deine Waffe hoch und wehrst das Messer ab.
Verdutzt schaut dich der Medizinmann an. Dann sagt er: „Du hältst dich wohl für besonders schlau! Aber wenn ich das Amulett und das Bündel nicht haben soll, dann soll es niemand haben.“
Mit diesen Worten schleudert er die beiden heiligen Sachen in den See.
Du rennst zum Wasser. Satinkas Schätze sind nicht mehr zu sehen, wie furchtbar!
Lachend flieht der Medizinmann an dir vorbei aus der Höhle. Du lässt ihn laufen, hast nur noch Augen für das Wasser.

Wenn du nach dem Medizinbündel und dem Amulett tauchst, lies weiter auf Seite 116

Wenn du das nicht tust, lies weiter auf Seite 24

Tagelang geschieht nichts und deine Nervosität lässt nach. Dein Vater wird wohl Recht gehabt haben: Die Bleichgesichter haben nur gedroht.
Eines Nachts hörst du ein Pferd wiehern. Du richtest dich auf und lauschst. Das Tier wiehert erneut, aber deine Eltern schlafen seelenruhig weiter.

Wenn du draußen nachsiehst,
lies weiter auf Seite 58

Wenn du dich wieder hinlegst,
lies weiter auf Seite 89

Du rennst zu Satinka und rüttelst an ihren Schultern. „Wir müssen die Pfeile verstecken – schnell!"
Die Schamanin sieht dich nur verständnislos an. Du redest weiter auf sie ein, aber sie reagiert nicht. Und du verlierst kostbare Zeit!
Schon sind die anderen Indianer da. Sie überfallen dich und Satinka. Ihr werdet gefesselt und geknebelt. Dann entkommen die Diebe mit euren magischen Pfeilen! Jetzt ist die Macht über die Bisons und eure Gegner in den Händen eines anderen Stammes.

Ende

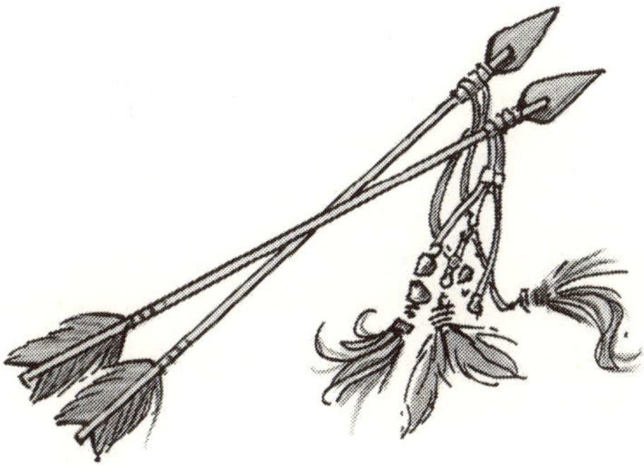

In letzter Sekunde packst du ihn an der Schulter und zerrst ihn hinter den Stein. Keinen Moment zu früh, denn schon donnern die Tiere von vorne, rechts und links auf euer Versteck zu. Es ist ein einziges Chaos.
„Bei Heammawihio!", ruft dein Vater euren höchsten Gott an. „Danke, mein Sohn, dass du aufgepasst hast."
Du nickst nur und spannst den Bogen. Die Bisons stürmen an euch vorbei und sind von hinten ein leichtes Ziel. Doch der von den Hufen aufgewirbelte Staub nimmt dir die Sicht und macht jeden Schuss zu einer Glückssache. Daher hatte dein Vater den Bison auch von vorne erlegen wollen – mit einem gut platzierten Schuss, der das Tier nicht leiden lässt.
Dennoch habt ihr Erfolg. Zwei Büffel könnt ihr zusammen mit den anderen Jägern erlegen.
„Gut gemacht", lobt dich dein Vater. „Heute Nacht werden wir feiern, denn dann ist Sommersonnenwende. Als erfolgreicher Büffeljäger darfst du zum ersten Mal dabei sein! Oder du folgst den Bisons und versuchst dein Jagdglück erneut."

Wenn du an der Zeremonie teilnehmen willst, lies weiter auf Seite 88

Wenn du weiterjagen möchtest, geh zur Seite 61

Zack!, schon bist du auf dem Felsen. Die Flammen lodern hoch in den Himmel und schließen den Steinbrocken ein. Aber du fühlst dich hier oben sicher.
Was für ein Irrtum!
Der Rauch nimmt dir den Atem. Du beginnst zu husten, deine Augen tränen. Und dann verlierst du das Bewusstsein und rutschst vom Felsen herunter.

Ende

Wie bitter! Aber die Steinadler haben euch deutlich zu verstehen gegeben, dass ihr hier unerwünscht seid.
Unverrichteter Dinge kehrt ihr zu eurem Stamm zurück. Niemand lacht euch aus. Immerhin habt ihr es ja versucht. Und die Freundschaft zu Niyol wird noch tiefer.
Jahre vergehen. Jahre, in denen du immer wieder probierst, die Feder eines Steinadlers zu erbeuten. Stets umsonst.
Schließlich gibst du es auf – auch deshalb, weil du inzwischen doch ganz zufrieden mit deinem Namen bist.
Du wirst ein hervorragender Bisonjäger, großartiger Reiter und mutiger Krieger. Daher ist es kein Wunder, dass du eines Tages die Nachfolge deines Vaters antrittst. Nun bist du der Häuptling der Cheyenne!

Ende

Du vermutest, dass der Verdächtige möglichst hoch hinauswill, um dem obersten Gott Heammawihio, der ja im Himmel lebt, ganz nah zu sein. Vielleicht plant der Dieb mithilfe von Satinkas heiligen Dingen, Kontakt zu Heammawihio aufzunehmen.

Also steigst du höher und höher.

Plötzlich stoppst du. Im Schatten eines Felsens kauert ein prächtiger sandfarbener Bergpuma. Seine Augen sind zu Schlitzen verengt.

Doch du lässt dich nicht beirren und kletterst weiter. Ein furchtbarer Fehler, denn dieser Berg gehört dem Puma. Mit seinem kräftigen Gebiss und den scharfen Krallen verteidigt er sein Revier gegen jeden Eindringling. Auch gegen dich …

Ende

Langsam näherst du dich dem wunderschönen Pferd. Wieder schaut es dich an und macht ein paar Schritte vorwärts. Dann dreht es sich um und trinkt.

Du lässt dich ins Wasser sinken und schwimmst die letzten Meter nahezu geräuschlos auf das Tier zu. Als du auf seiner Höhe bist, katapultierst du dich aus dem See und packst die Mähne des Schecken.

Das Pferd wiehert und bäumt sich auf. Dabei zieht es dich mit nach oben. Elegant schwingst du dich auf den Rücken des Tieres und umklammerst seinen Hals.

Der Mustang prescht durch das Wasser, bockt und scheut, aber du lässt dich nicht abschütteln.

Allmählich erlahmen seine Bewegungen, er wird müde. Geht dein Plan auf? An Land hätte dich der Schecke längst abgeworfen, aber hier – im Wasser – ist er nicht so schnell, jede Bewegung kostet ungleich mehr Kraft.

Nach über einer Stunde Kampf bleibt das Tier schließlich mit zitternden Flanken stehen.

Du löst den Klammergriff und streichst ihm beruhigend über den Hals. Du merkst, wie sich das Pferd entspannt. Mehrere Minuten bleibt ihr an Ort und Stelle. Dann trabt der Schecke zurück ans Ufer. Er wirkt noch immer erschöpft. Dir geht es nicht anders.

**Wenn du vom Pferd steigst,
lies weiter auf Seite** **54**

**Wenn du auf seinem Rücken bleibst,
lies weiter auf Seite** **15**

48

Du verlangsamst deine Schritte, dann hockst du dich ganz ruhig hin. Der Steinadler umkreist dich, greift aber nicht an. Jetzt kommt der zweite hinzu. Auch er unternimmt nichts. Womöglich glaubt das Brutpaar, dass du deinen Plan aufgegeben hast und ihrem Nachwuchs im Horst nicht gefährlich werden kannst. Dabei willst du doch nur eine einzige Feder! Die Adler krächzen einmal, dann schießen sie davon – vielleicht, um Futter für die Kleinen zu holen.
Als die mächtigen Vögel verschwunden sind, setzt du deinen Weg hastig fort. Er führt steil bergauf, hoch zu den Zinnen. Schließlich bist du gezwungen zu klettern. Ein heikles Unterfangen. Du ziehst dich von einem winzigen Felsvorsprung zum nächsten. Immer wieder lösen sich kleine Steine unter deinen Füßen. Deine Hände beginnen zu schmerzen. Ein Blick über die Schulter. Bei allen Geistern, ist das hoch! Jeder Fehler könnte jetzt dein letzter sein …
Dir bricht der Schweiß aus allen Poren. Es ist noch ein gutes Stück bis zum Horst. Und dann gelangst du zu einer Stelle, an der der Fels leicht überhängt.

**Wenn du die Kletterpartie fortsetzt,
lies weiter auf Seite** **113**

**Wenn du sie abbrichst,
lies weiter auf Seite** **65**

Ihr grabt das Kriegsbeil aus und reitet ein zweites Mal zu den Siedlern. Deren Treck hat sich bereits in Marsch gesetzt.
Als die Weißen euch herangaloppieren sehen, bilden sie eine Wagenburg, hinter der sie sich verschanzen.
Erste Schüsse fallen, die euch jedoch verfehlen.
Auf ein Kommando von Hiamovi hin gleitet ihr von den Rücken eurer Pferde und geht in Deckung. Dann schießt ihr Brandpfeile auf die Planwagen, die sofort Feuer fangen.
Die Bleichgesichter beginnen mit dem Löschen und wären jetzt ein leichtes Ziel für eure Pfeile. Akecheta hat schon den Bogen gespannt.
Häuptling Hiamovi bändigt ihn: „Wir wollen sie nicht töten, sondern nur von unserem Land vertreiben."
Widerstrebend gehorcht sein Bruder.
Und Hiamovis Plan geht auf. Nachdem die Siedler einige ihrer Wagen retten konnten, drehen sie tatsächlich ab und verschwinden in die Richtung, aus der sie gekommen sind. Nie wieder haben sie euer Land betreten!

Ende

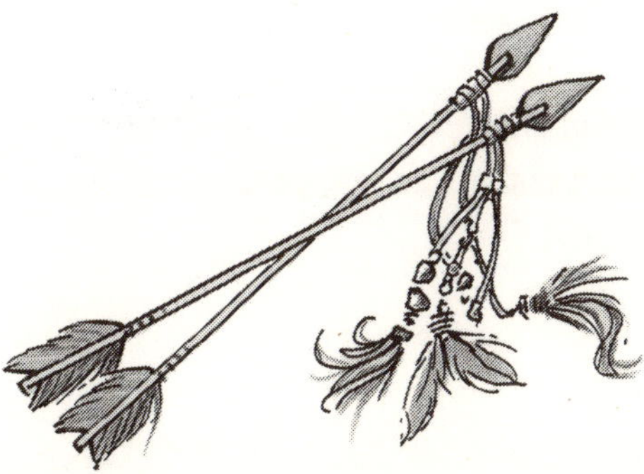

Es gelingt dir, deinen Vater kurz zur Seite zu ziehen. Du beschwörst ihn, keinen Kampf zu riskieren. „Womöglich werden viele von uns in die ewigen Jagdgründe eingehen!"
Hiamovi wird nachdenklich.
„Was ist, mein Bruder?", fragt Akecheta ungeduldig. Er sitzt schon auf seinem Mustang und kann es offenbar kaum erwarten, in die Schlacht zu ziehen.
Doch Hiamovi hört dir weiter zu und dann geschieht das, womit du kaum gerechnet hast: Dein Vater, der große Häuptling, lenkt ein und bläst den bevorstehenden Angriff ab.
Akecheta ist außer sich, fügt sich aber.
Hiamovi lässt den Treck sicherheitshalber beobachten. Einer dieser Späher bist du.
Durchs hohe Gras robbst du an die Wagen heran. Die Siedler scheinen sich und den Tieren einen Tag Pause zu gönnen.
Überrascht stellst du fest, dass zwei indianische Scouts bei den Bleichgesichtern sind. Vermutlich haben sie die Aufgabe, die ortsunkundigen Weißen zu einem guten Platz zu führen, wo sie sich niederlassen können.

**Wenn du versuchst,
die Scouts zu belauschen,
lies weiter auf Seite** **66**

**Wenn du das lässt,
weil sie dich entdecken könnten,
lies weiter auf Seite** **94**

Du ziehst dein Kanu an einer seichten Stelle auf die sandige Böschung und gehst zu Fuß weiter. Der Fluss strömt immer schneller durch sein schmaler werdendes Bett, das Donnern wird lauter und du ahnst, dass du die richtige Entscheidung getroffen hast.
Wenig später gelangst du zu einem Wasserfall. Das Wasser stürzt gut zwanzig Meter in die Tiefe. Du hältst die Luft an. Wenn du da mit deinem Kanu hinabgebrettert wärst …
Dann fällt dein Blick auf eine kleine Bucht, von der Rauch aufsteigt. Zwei Gestalten treten zwischen den Bäumen hervor.
Du gehst hinter einem Busch in Deckung und beobachtest die Männer.
Sie tragen Hüte und Bärte und haben helle Haut. Bleichgesichter. Was machen sie hier?

Wenn du näher heranschleichst,
lies weiter auf Seite 83

Wenn du das lieber lässt,
lies weiter auf Seite 69

Während Niyol sich noch von seiner Familie verabschiedet, flitzt du schon los, denn der kleine Vorsprung könnte sehr nützlich sein. Der Weg ist weit und Niyol trägt nicht umsonst den Namen „Wind" – er ist ein sehr schneller Läufer. Außerdem gibt es nicht viele Steinadler, es könnte also entscheidend sein, als Erster das Ziel zu erreichen.
Der Weg scheint endlos zu sein, die Berge wollen einfach nicht näher kommen. Doch du läufst unbeirrt weiter, denn du willst diesen neuen Namen.
Makya, „der Adlerjäger". Wie das klingt! Einfach großartig! Jeder wird dir mit Respekt begegnen. Vom einen auf den anderen Tag wärst du wirklich wer und nicht länger nur der Sohn des Häuptlings.
Weiter, immer weiter! Vielleicht bist du nicht so schnell wie Niyol, aber du hast eine enorme Ausdauer. Ein Blick zurück. Von deinem Freund ist weit und breit nichts zu sehen.
Du marschierst durch das Grasland. Plötzlich entdeckst du in einiger Entfernung mehrere Planwagen. Das müssen weiße Siedler sein! In eurem Land!

Wenn du näher an die Wagen heranschleichst, lies weiter auf Seite 74

Wenn du deinen Weg verfolgst, lies weiter auf Seite 19

Niyol führt dich zu einem Hügel. Ihr duckt euch im hohen Gras und späht hinab in eine Senke mit einem Bach, der in einen See mündet. Nur etwa hundert Meter entfernt grasen über fünfzig Mustangs! Etwas abseits der Herde steht ein besonders schönes Tier. Es ist sehr groß und kräftig, das Fell braun-weiß gescheckt. Seine Mähne weht im Wind.
Dieses Tier willst du haben!
Du tippst Niyol an und deutest auf das Pferd deiner Träume. Dein Freund lächelt und zeigt auf einen stattlichen Rappen. Den will er besitzen!
„Ich wünsche dir viel Glück!", wisperst du, bevor ihr euch trennt. Du schleichst durch das hohe Gras auf den Schecken zu. In der Hand hast du das Seil. Das stolze Tier setzt sich in Bewegung und trottet weiter von der Herde weg. Es scheint dich noch nicht bemerkt zu haben.
Von hinten robbst du die letzten Meter an es heran. Dann springst du auf und willst dich auf den Rücken des Pferdes schwingen. Doch der Schecke bemerkt dich und galoppiert davon.

**Wenn du ihm nachrennst,
lies weiter auf Seite** **20**

**Wenn du aufgibst,
lies weiter auf Seite** **21**

Müde gleitest du vom Rücken des Schecken. Das Tier schüttelt sich und wiehert lautstark.
Du lachst es an. „Jetzt brauchen wir aber noch einen guten Namen für dich! Lass mich mal überlegen …“
Doch das Pferd hat keine Lust, auf deine Entscheidung zu warten. Es hat überhaupt keine Lust, auf irgendetwas von dir zu warten.
Der Schecke will nur eins: seine Freiheit! Und die holt er sich jetzt zurück, indem er einfach davongaloppiert.
Du hast keine Chance, das Pferd einzuholen …

Ende

Leise stehst du auf und schleichst dich davon. Niyol merkt nichts.
Erleichtert marschierst du im Mondschein über den harten, trockenen Boden. Wie riesige Schatten ragen die Berge vor dem Nachthimmel auf.
Plötzlich spürst du einen brennenden Schmerz in der Ferse und schreist auf. Irgendetwas hat dich gebissen. Du sackst auf die Knie. Dann untersuchst du hektisch die Wunde. Während du das tust, spürst du, wie deine Kräfte dich verlassen.
Verdammt, das war bestimmt eine Schlange!

**Wenn du versuchst,
zu Niyol zu gelangen,
lies weiter auf Seite** **62**

**Wenn du auf Hilfe wartest,
lies weiter auf Seite** **28**

Mit klopfendem Herzen schaut ihr durch die Schwingtüren. Prompt werdet ihr von zwei Bleichgesichtern entdeckt, die gerade Karten spielen.
Sie lachen euch aus und rufen euch etwas zu, was du nicht verstehst. Schließlich kannst du die Sprache des weißen Mannes nicht.
Unsicher blickst du dich um. Der Bärtige und seine Leute sind nicht hier. Du willst dich schon zurückziehen, als einer der Kartenspieler vom Tisch aufspringt und auf dich und Ehawee zustürmt. Das Gesicht des Mannes ist rot vor Wut, sein Atem stinkt nach Feuerwasser.
Er packt Ehawee und hebt die Hand. Will er sie schlagen?
Blitzschnell trittst du dem Mann vors Bein. Der Kerl schreit auf und will sich nun auf dich stürzen. Doch diesmal tritt Ehawee zu – genau in die Kniekehle!
Der Angreifer sackt zusammen. Nun wollen die anderen Männer ihrem Freund zu Hilfe eilen, doch ihr seid schneller und flitzt aus dem Saloon. Fluchtartig verlasst ihr die Siedlung und kehrt zu euren Tipis zurück.
Die nächsten Tage bleibt alles ruhig. Doch eines Nachts greifen die Bleichgesichter an!

Lies weiter auf Seite **89**

Etwas unsicher wartest du, bis der Mann vor dir steht. Sein Gesicht ziert ein struppiger Bart, seine Augen stehen dicht zusammen. Misstrauisch schaut er dich an.
Und du? Du lächelst freundlich.
Dann geschieht das Unerwartete: Auch der Mann beginnt zu lächeln. Dann gibt er dir die Hand und führt dich zu dem anderen Goldsucher, der dich genauso freundlich begrüßt.
Sie führen dich zu ihrem Lagerplatz zwischen den Bäumen und bieten dir etwas zu essen an. Du bist völlig überrascht, nimmst das Angebot aber gerne an.
Mit Händen und Füßen verständigt ihr euch. Immer wieder müsst ihr lachen. Es werden sehr nette Stunden.
Schließlich verabschiedest du dich von den weißen Männern und kehrst zu deinem Stamm zurück.
Daheim musst du immer wieder von deiner ungewöhnlichen Begegnung mit den Goldsuchern erzählen.

Ende

Leise schlüpfst du aus dem Tipi. Es ist eine wunderschöne Nacht, am Himmel funkeln Millionen von Sternen. Der Vollmond gießt sein milchiges Licht über die Prärie. Konzentriert musterst du die Umgebung.
Aber was ist das? Rechts von dir hat sich etwas bewegt. Wieder wiehert ein Pferd.
Du versteckst dich hinter dem Tipi und spähst in die Richtung, in der du die Bewegung wahrgenommen hast.
Dein Herz beginnt wie wild zu schlagen. Da robben mehrere Gestalten auf euer Dorf zu. Das sind bestimmt die Bleichgesichter! Du musst die anderen Cheyenne warnen.
Mit einem Mal schließt sich eine Hand um deinen Mund.
„Ganz ruhig, dann passiert dir nichts“, zischt eine Stimme.
Das wird der Indianer sein, der den Bleichgesichtern als Übersetzer dient. Der Kerl muss sich hinterrücks an dich herangeschlichen haben!

Wenn du versuchst, ruhig zu bleiben, lies weiter auf Seite 89

Wenn du dich wehrst, lies weiter auf Seite 71

Vorsichtig dringst du immer weiter in die Höhle vor, achtest dabei auf jeden Schritt. An vielen Stellen tropft Wasser von der Decke. Durch ein Loch fällt ein Sonnenstrahl und taucht alles in ein geheimnisvolles Licht. Ein magischer, verwunschener Ort!
Plötzlich hörst du einen monotonen Gesang. Die Härchen auf deinen Armen stellen sich auf.
Wer ist das? Der Medizinmann? Oder ein Berggeist? Oder vielleicht sogar der Gott Heammawihio?

Wenn du der Sache auf den Grund gehst, lies weiter auf Seite **100**

Wenn du umdrehst, lies weiter auf Seite **80**

60

Du kehrst auf dem schmalen Pfad um und rennst zurück. Wieder greift der Steinadler dich an – doch diesmal von hinten, sodass du ihn nicht kommen siehst.
Der Schnabel trifft dich am Kopf, der Schmerz ist heftig, du gerätst ins Taumeln und stürzt in die Tiefe.

Ende

Der Erfolg hat dich beflügelt – du willst noch mehr Ruhm als Jäger erlangen! Also ziehst du mit drei anderen jungen Cheyenne der Bisonherde hinterher.

Doch die Tiere bemerken euch und stürmen in einer großen Staubwolke davon. Ihr verfolgt die Büffel in einigem Abstand. Als es schon fast dunkel ist, kracht ein Schuss, und ein Bison bricht zusammen.

„Das muss ein Bleichgesicht gewesen sein!", rufst du deinen Leuten zu.

Und tatsächlich: Im letzten Licht des Tages siehst du zwei Männer mit Hüten. Sie sind ganz in der Nähe.

„Die Kerle wildern in unseren Jagdgründen! Wir müssen sie daran hindern!", zischst du den anderen zu.

„Aber die weißen Männer haben bessere Waffen als wir", gibt einer der Jungen zu bedenken. „Wenn wir ihnen in die Quere kommen, werden sie bestimmt auf uns schießen! Wir sollten froh sein, dass sie uns noch nicht bemerkt haben."

Dieser Einwand stimmt dich nachdenklich.

Wenn du dich trotzdem mit den weißen Jägern anlegst, lies weiter auf Seite 32

Wenn du das lieber sein lässt, lies weiter auf Seite 78

Mit letzter Kraft schleppst du dich zurück zu Niyol und weckst ihn. Dann wird alles um dich herum schwarz.
Als du aufwachst, liegst du im Zelt der Schamanin Satinka. Die weise Frau ist eine Heilerin und hat Kontakt zu den Göttern. Jetzt greift Satinka in ihr Medizinbündel, einen Lederbeutel, in dem sie magische Steine, die Feder eines Adlers, geheimnisvolle Kräuter und Salben aufbewahrt.
Sie beugt sich über dich und streicht dir eine kühle Paste auf die heiße Stirn. Dabei murmelt sie seltsame Worte. Dann pendelt ihr magisches Amulett vor deinen Augen hin und her.
Irgendwie muss es deinem Freund Niyol gelungen sein, dich hierherzuschleppen. Du musst dich bei ihm bedanken, doch du bist noch zu schwach zum Aufstehen. Da bemerkst du einen Mann.
„Wer ist das?“, fragst du.
„Ein Freund“, antwortet Satinka. „Ein wandernder Medizinmann, der bei uns zu Gast ist. Auch er will dir helfen.“
Du nickst nur und fällst in einen tiefen, erholsamen Schlaf.
Zwei Tage später lässt dich ein Schrei vom Krankenlager hochfahren.
„Mein Medizinbündel ist weg!“, kreischt Satinka. „Es wurde gestohlen! Und das Amulett ebenfalls!“

Wenn du dich auf die Suche nach dem Dieb machst, lies weiter auf Seite 36

Wenn du erst einmal Kräfte sammelst, lies weiter auf Seite 33

„Na, mein junger Freund?", sagt der Medizinmann mit heiserer Stimme und lächelt. Doch das Lächeln erreicht nicht seine Augen. Sie fixieren dich kalt und lauernd. Die Spitze des Messers ist auf dich gerichtet.

Du erwiderst nichts, sondern wartest ab. Alle deine Muskeln sind angespannt. Deine Hand ruht auf dem Stil des Tomahawks.

„Ganz ruhig", sagt der Dieb. Noch immer lächelt er. „Vielleicht können wir ins Geschäft kommen, du und ich."

Du bleibst auf der Hut.

„Schau, ich habe hier zwei Dinge, die uns große Macht verleihen", raunt er dir zu. „Wir könnten uns zusammentun."

Wenn du zum Schein darauf eingehst, lies weiter auf Seite 107

Wenn du das ablehnst, lies weiter auf Seite 39

Nein, dein Leben ist wichtiger als eine Feder, auch wenn sie dir einen neuen Namen beschert hätte.
Also drehst du schweren Herzens um.
Unterwegs glaubst du, deinen Augen nicht zu trauen. Wer kommt dir denn da entgegen? Es ist dein Freund Niyol!
„Und, hast du schon eine Feder?", fragst du neugierig.
Betrübt schüttelt Niyol den Kopf. „Ich weiß einfach nicht, wie ich auf die Zinnen kommen soll. Dafür braucht man doch Flügel – wie ein Adler."
Er überlegt einen Moment. „Vielleicht sollten wir gemeinsam nach einer Lösung suchen. Und wenn wir ganz viel Glück haben, findet jeder von uns eine Feder."
Jetzt bist du es, der ins Grübeln gerät. Eigentlich ist es ja ein Wettkampf …

Wenn du auf Niyols Vorschlag eingehst, lies weiter auf Seite 81

Wenn du es nicht tust, lies weiter auf Seite 30

Jetzt bist du den Scouts nah genug, um zu verstehen, was sie sagen.
„Ich möchte zu gerne wissen, wer das Gewehr der Weißen gestohlen hat", sagt einer der Männer. „Zumal die Bleichgesichter uns zuerst verdächtigt haben. Aber bei uns haben sie die Waffe nicht gefunden ..."
„Genau deshalb muss der Dieb außerhalb des Lagers sein", erwidert der andere. „Ich könnte mir vorstellen, dass einer der Cheyenne dahintersteckt. Denn wer soll es sonst gewesen sein? Und dann hat er auf seine eigenen Leute geschossen."
Wie bitte? Du glaubst, dich verhört zu haben. Was sollte das auch für einen Sinn ergeben?
Jetzt wenden sich die Scouts ab und steigen in einen Planwagen. Ihr Gespräch wird zu einem unverständlichen Gemurmel. Du robbst zurück und läufst ins Dorf. Unterwegs denkst du scharf nach. Wenn die Scouts Recht haben sollten, dann könnte das Gewehr in einem eurer Tipis sein. Aber in welchem, bei wem? Es kann sich nur um einen Mann handeln, der nicht dabei war, als ihr zu den Siedlern geritten seid. Der Schuss kam schließlich aus dem Hinterhalt ...

Wenn du die Tipis nach der Waffe durchsuchst, lies weiter auf Seite 68

Wenn du keinen Ärger mit den anderen Cheyenne haben willst, lies weiter auf Seite 84

Anordnung ist Anordnung, denkst du und harrst mit gespitzten Ohren und weit aufgerissenen Augen auf deinem Posten aus.
Plötzlich sind sie da! Zahlreiche Gestalten stürmen auf dich und Satinka zu. Es sind andere Indianer!
Du springst auf, um dich zu wehren, wirst aber sofort niedergerungen. Auch die Schamanin wird überfallen und du musst hilflos mitansehen, wie die heiligen Pfeile geraubt werden. Damit nicht genug: Die Angreifer dringen in die Tipis ein und gehen auf deine Stammesmitglieder los.
Kurz darauf tobt eine wilde Schlacht. Hiamovi, Akecheta und die anderen Krieger kämpfen mit dem Mut der Verzweiflung. Auch die Frauen schlagen einige Angreifer nieder.
Ein Tomahawk wirbelt an deinem Kopf vorbei und prallt gegen die Stange eines Tipis, das gerade in Flammen aufgegangen ist. Voller Angst kauerst du dich hinter einen Felsen. Dort sind bereits Ehawee und Niyol.
Die Pfeile werden geraubt. Und was noch viel schlimmer ist: Eure Eltern werden verschleppt! Auch alle Pferde werden gestohlen.

„Wir müssen die Kerle verfolgen!“, ruft Ehawee.
„Nein, wir holen besser Hilfe bei einem befreundeten Stamm!“, schlägt Niyol vor.

Wenn du Niyol zustimmst,
lies weiter auf Seite **104**

Wenn du Ehawees Vorschlag
besser findest,
lies weiter auf Seite **34**

Deine Stunde schlägt, als die Männer auf der Jagd und beim Fischen sind und die Frauen aus Büffelhaut Schuhe herstellen. Niemand bemerkt, wie du in das erste Tipi schleichst und es durchsuchst. Es handelt sich um das Zelt der Schamanin. Hier findest du höchst geheimnisvolle Dinge, aber kein Gewehr.
Dann wirfst du einen Blick in das Tipi von Niyols Familie. Auch hier wirst du nicht fündig.
Doch bereits im dritten Tipi, es gehört deinem Onkel Akecheta, verschlägt es dir den Atem. Verborgen unter einem Bisonfell liegt die Waffe!

Wenn du das Gewehr einfach verschwinden lässt, lies weiter auf Seite 79

Wenn du Akecheta anklagst, als er von der Jagd zurückkehrt, lies weiter auf Seite 101

Als du dich davonstehlen willst, wirst du von einem dritten Mann erwischt. Er bedroht dich mit einem Colt, fesselt dich und bringt dich auf seinem Pferd zu einer Siedlung. Sie wurde am Ufer des Flusses errichtet und besteht aus einfachen Bretterbuden.

Sofort wirst du von einer ganzen Horde von Bleichgesichtern mit Schaufeln, Spitzhacken und Metallsieben umringt. Sie tragen schlammbespritzte Kleidung und du ahnst, dass es sich bei den Männern um Goldsucher handelt.

Was haben sie mit dir vor?

Nun scheinen sie sich zu beraten. Aber natürlich verstehst du kein Wort – ein blödes Gefühl.

Schließlich reden sie auf dich ein und allmählich verstehst du, was sie von dir verlangen. Sie wollen, dass du ihnen bei der Jagd hilfst. Einem Cheyenne wie dir trauen sie in dieser Hinsicht offenbar eine Menge zu. Als Gegenleistung bieten sie dir einen Sattel an.

Wenn du das Angebot annimmst,
lies weiter auf Seite **87**

Wenn du es ausschlägst,
lies weiter auf Seite **26**

70

Voller Verzweiflung machst du einen Satz aus dem Kanu – doch du hast Pech. Als du ins Wasser fällst, schlägst du dir den Kopf an einem Stein an.
Dir wird schwarz vor Augen und du weißt: Das ist das

Ende

Du nickst heftig und schon lockert sich der Griff.
Darauf hast du nur gewartet. Mit voller Wucht trittst du dem Kerl auf den Fuß, gleichzeitig beißt du ihm in die Hand. Ein Schmerzensschrei ertönt und die Hand verschwindet. Blitzschnell lässt du dich fallen und tauchst unter den Armen deines Gegners hinweg. Eine Drehung von dir, ein harter Tritt, und der Schurke sackt zusammen.
Jetzt schreist du um Hilfe. Aus den Augenwinkeln siehst du lauter Gestalten durch die Nacht huschen. Das sind die weißen Männer von der Eisenbahngesellschaft!
Aber die Cheyenne sind dank dir alarmiert. Sie stürmen aus den Tipis und vertreiben die Angreifer mit Leichtigkeit.
Nie wieder wagen sich die Bleichgesichter in die Nähe eurer Jagdgründe!

Ende

Das ist Ehrensache für dich. Dein Vater ist stolz auf dich, als du vortrittst und die erste Wache übernimmst.
Die Stammesgesetze schreiben vor, dass sich alle außer der Schamanin und dem Wächter in ihre Tipis zurückziehen müssen.
„Unsere Geister wirken im Verborgenen", sagt dein Vater, bevor auch er geht. „Würden wir alle am Feuer bleiben, dann würden sie vermutlich nicht kommen, um die Kraft unserer heiligen Pfeile zu erneuern. Bleib auf deinem Posten und halt die Augen offen!"
Du kauerst dich in der Nähe von Satinka auf den Boden. Ein kühler Wind streicht über den Kreis und lässt dich frösteln. Du wirfst einen verstohlenen Blick auf die Schamanin. Sie wiegt ihren Oberkörper hin und her und betet. Mit einem Mal beginnt sie zu schluchzen, dann zu lachen. Dich fröstelt es noch mehr.
Um dich abzulenken, blickst du zum Fluss hinüber. Deine Augen werden schmal – war da gerade eine Bewegung?

Wenn du deinen Posten verlässt, um nachzuschauen, lies weiter auf Seite 93

Wenn du die Stellung hältst, lies weiter auf Seite 67

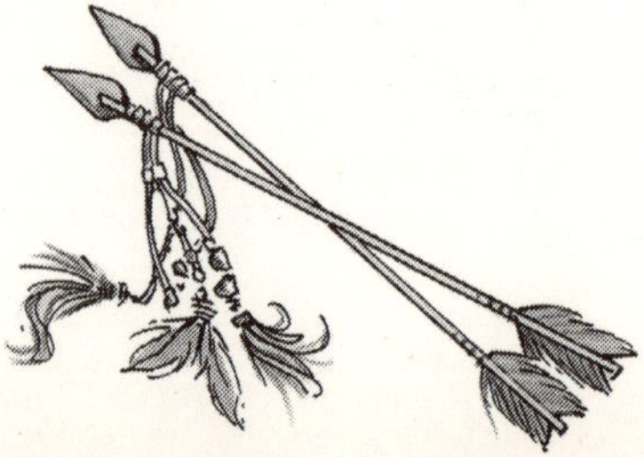

Dein Vater lobt euch für euren mutigen Einsatz. Dann ruft er alle zum großen Powwow zusammen.
Die Männer beraten, was zu tun ist. Du hältst dich mit Ehawee im Hintergrund und hörst zu.
„Wenn die Bleichgesichter uns angreifen, während wir schlafen, haben wir kaum eine Chance. Daher sollten wir ihnen zuvorkommen", sagt Häuptling Hiamovi schließlich. „Wir werden dafür sorgen, dass sie ihre Dampfrosslinie nicht weiterbauen können! Dann werden sie hoffentlich von hier verschwinden."
Alle Krieger sind einverstanden. Noch in derselben Nacht soll der Angriff erfolgen.
Gegen den Widerstand deiner Mutter Lomasi begleitest du die Krieger. Dein Vater erlaubt es dir nach kurzem Zögern.
„Aber du wirst immer an meiner Seite bleiben", ermahnt er dich.
Als der Mond hoch am Himmel steht, erreicht ihr die Siedlung. In Sichtweite der Häuser gleitet ihr von den Rücken eurer Pferde und schleicht das letzte Stück bis zu dem Lagerplatz mit dem Baumaterial. Meterhoch ragen die Stapel mit dem Holz auf. Gleich daneben sind Schienen gelagert. Sehr gut, jetzt ist Zeit für ein hübsches Feuer! Aber halt, da vorn steht ein Wächter!

**Wenn du versuchst,
ihn auszuschalten,
lies weiter auf Seite** 91

**Wenn du bei deinem Vater bleibst,
lies weiter auf Seite** 92

Geduckt pirschst du an den Treck heran. Die Wagen sind stehen geblieben, die Zugtiere wurden ausgeschirrt und grasen an einem Teich. Offenbar machen die Siedler gerade eine Pause.

Du beobachtest die Gruppe. Es sind etwa fünfzig Männer und Frauen und viele Kinder. Außerdem haben die Siedler mehrere Rinder und Reitpferde. Einige der Männer tragen Gewehre. Jetzt wird ein Lagerfeuer entzündet.

Wenn du versuchst,
mit den Siedlern zu sprechen,
lies weiter auf Seite **31**

Wenn du lieber
in eurem Dorf Alarm schlägst,
lies weiter auf Seite **77**

Allein mit der Schamanin und der unendlichen Macht der Götter? Lieber nicht, denkst du dir und bist froh, dass ein erfahrener Krieger die erste Wache übernimmt: Es ist dein Vater Hiamovi.

„Willst du bei mir bleiben und mit mir gemeinsam aufpassen?", fragt er dich.

Du schüttelst den Kopf, deine Angst vor den Göttern ist einfach zu groß.

Der große Häuptling lacht. „Das ist völlig in Ordnung. Im nächsten Jahr bist du älter und stärker, dann wirst du bestimmt Ja sagen."

Du nickst heftig – welch eine wunderbare Lösung!

Doch in der Nacht findest du keinen Schlaf. Immer wieder musst du an deinen Vater und die Schamanin denken. Hat der Zauber schon gewirkt, ist die Kraft der heiligen Pfeile bereits erneuert worden?

Schließlich hältst du es nicht mehr aus und krabbelst aus dem Tipi, um nach Hiamovi und Satinka zu sehen.

Aber was ist das? Jemand hat den Häuptling und die Schamanin niedergeschlagen und die heiligen Pfeile geraubt! Was für ein Verlust! Wärst du doch nur bei deinem Vater geblieben, dann hättest du die Katastrophe vielleicht verhindern können.

Ende

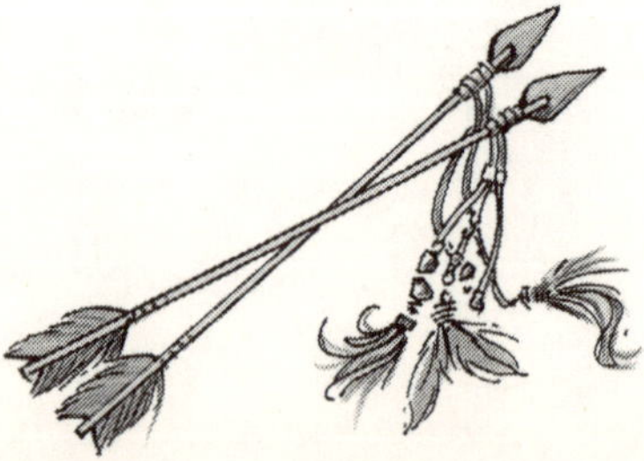

Du hetzt zurück zu euren Tipis und trommelst alle zusammen. Beim großen Powwow berichtest du von den Siedlern.
„Wir müssen sie angreifen und vertreiben!", rät dein Onkel Akecheta. „Die Bleichgesichter haben hier nichts verloren."
„Vielleicht kommen sie in friedlicher Absicht", erwidert dein Vater. „Oder sie ziehen einfach weiter."
Akecheta lacht. „Friedlich? Die weißen Männer sind nie friedlich. Sie werden versuchen, unser Land zu stehlen."
„Lasst uns erst einmal mit ihnen reden", entscheidet dein Vater.
Akecheta wendet sich mit düsterer Miene ab.
Am nächsten Morgen reitet Hiamovi mit einigen Kriegern zum Treck. Akecheta ist nicht dabei. Aber du bist es – eine Ehre!
Als ihr euch den Bleichgesichtern nähert, kracht aus dem Hinterhalt ein Schuss, der Hiamovis Pferd nur knapp verfehlt.
„Zurück!", befiehlt der Häuptling. Dicht über eure Pferde gebeugt, galoppiert ihr zum Lager zurück.
„Das bedeutet Krieg!", tobt Akecheta, als er informiert wird. Dein Vater Hiamovi ist wütend und enttäuscht. Auch er will sich jetzt auf den Kriegspfad begeben. Ein Blutvergießen droht.

**Wenn du dich den Kriegern anschließt,
lies weiter auf Seite** 49

**Wenn du versuchst,
den Kampf zu verhindern,
lies weiter auf Seite** 50

Ihr beschließt, die weißen Männer erst einmal aus sicherer Entfernung zu beobachten.

Nach der Nacht in der Prärie seid ihr früh wieder auf den Beinen und folgt den Bisons, die grasend ein gutes Stück weitergezogen sind.

Doch auch die weißen Jäger haben die Fährte wieder aufgenommen.

Nur wenig später schießen sie erneut auf die Büffel. Unter den Tieren bricht Panik aus und die Bleichgesichter feuern weiter auf sie.

Da wirst du furchtbar wütend. Die weißen Männer jagen gar nicht, weil sie Hunger haben, sondern weil es ihnen Spaß macht, die wehrlosen Tiere zu töten.

Aber halt, so wehrlos sind die Bisons nun auch wieder nicht! Denn plötzlich schert ein besonders stattlicher Büffel aus der Herde aus und nähert sich den Jägern von hinten.

Mit einem breiten Grinsen schaust du zu, wie der Bison erst den einen, dann den anderen Mann aus dem Sattel rammt. Beide krachen auf den harten Boden der Prärie und verlieren dabei ihr Gewehr. Ihre Pferde stürmen in wilder Flucht davon. Jetzt müssen die Männer zu Fuß vor dem schnaubenden Büffel fliehen.

Ihr seht die Kerle nie wieder in euren Jagdgründen.

Ende

Du rollst das Gewehr wieder in das Bisonfell und schmuggelst es so aus dem Tipi. Du läufst ein Stück von eurem Lager fort und vergräbst das Ding in der Prärie.
Akecheta stellt natürlich keine Fragen, denn das hätte ihn verraten.
Die Waffe bleibt für immer verschwunden und niemand ballert mehr auf euch. Aber warum dein Onkel auf die eigenen Leute geschossen hat, bleibt für immer ein Rätsel.

Ende

Das ist dir alles nicht geheuer. Du drehst dich um und rennst zurück.

Dabei stolperst du über einen Stein und stürzt hin. Als du wieder aufstehen willst, lastet eine ungeheure Kraft auf deinen Schultern. Sie hält dich am Boden.

Was ist das?, fragst du dich voller Panik. Nur mit größter Anstrengung kommst du auf allen vieren vorwärts. Eine fremde Macht zwingt dich zum Kriechen und du fühlst dich wie ein Wurm.

Ein *feiger* Wurm? Erlebst du gerade die Strafe der Götter für deine Feigheit?

Ja, denkst du voller Angst, so wird es sein. Die mächtigen Geister verachten dich und zeigen dir das ganz deutlich!

Mit letzter Kraft erreichst du den Höhlenausgang. Hier kannst du endlich wieder aufstehen.

Gedemütigt läufst du zurück zu deinem Stamm.

Die Schamanin ist enttäuscht, dass du mit leeren Händen wiederkommst.

Du bist es auch – und du ärgerst dich, dass du nicht mutiger warst.

Ende

Gemeinsam kehrt ihr zu der Stelle zurück, wo der Fels leicht überhängt.
„Hier geht es nicht weiter", stellt auch Niyol fest. „Aber vielleicht können wir dieses gefährliche Stück irgendwie umgehen."
Aufmerksam betrachtet er das Gestein. „Sieh mal, wenn wir uns dicht an den Fels pressen und unterhalb des Überhangs weiterklettern, gelangen wir vielleicht auf die Rückseite der Zinnen. Womöglich geht es dort noch weiter hinauf."
Eine gute Idee – aber auch reichlich riskant. Denn euch stehen nur winzige Felsvorsprünge zur Verfügung, auf die ihr eure Füße setzen könnt.

**Wenn du Niyol überredest,
den Plan aufzugeben,
lies weiter auf Seite 97**

**Wenn du ihm folgst,
lies weiter auf Seite 98**

Sicher ist sicher, denkst du dir. Mit ausgebreiteten Armen balancierst du über die schmale Stelle. Auf beiden Seiten geht es tief hinab. Ein falscher Schritt und du wirst abstürzen.
Du konzentrierst dich, starrst auf den Weg.
Da vernimmst du ein mächtiges Flügelschlagen und schaust hoch.
Einer der beiden Steinadler schwebt direkt auf dich zu! Du musst dich ducken. Fast hätte er dich mit seinem scharfen Schnabel erwischt! Offenbar will er dich vertreiben, dich von seinem Horst fernhalten.

Wenn du umdrehst,
lies weiter auf Seite 60

Wenn du deinen Weg fortsetzt,
lies weiter auf Seite 48

Du gehst noch dichter heran und beobachtest die beiden Männer.

Jetzt laufen sie zum Fluss, kauern sich hin und halten Siebe ins Wasser.

Was soll das?, fragst du dich.

Du siehst den Bleichgesichtern eine Weile bei ihrem merkwürdigen Treiben zu.

Plötzlich bricht einer der beiden in lauten Jubel aus und hält einen gold schimmernden Stein in die Höhe.

Dein Vater hat dir einmal erzählt, dass die weißen Männer Gold über alles lieben. Wahrscheinlich sind die beiden Goldsucher …

Na ja, sollen sie doch!, denkst du dir und willst dich wieder davonschleichen.

Dummerweise schaut einer der Bleichgesichter in diesem Moment genau in deine Richtung und entdeckt dich!

Er brüllt dir etwas in einer Sprache zu, die du nicht verstehst.

Wenn du stehen bleibst,
lies weiter auf Seite **57**

Wenn du wegrennst,
lies weiter auf Seite **86**

Wenn dich jemand erwischen würde, gäbe es sicher furchtbaren Ärger. Also lässt du die Sache auf sich beruhen.
Ein Fehler. Denn nur einen Tag später wird wieder auf die Cheyenne geschossen. Auch bei diesem Überfall aus dem Hinterhalt gibt es zum Glück keine Verletzten oder Tote.
Aufgebracht drängt Akecheta deinen Vater, den Häuptling: „Du musst endlich etwas unternehmen, Hiamovi! Zögere nicht länger, blas zum Angriff!"
Der Häuptling gibt nun doch nach. An der Spitze eurer Krieger zieht er in die Schlacht. Von einem Hügel aus siehst du ihm und den anderen nach. Dein Herz ist schwer vor Kummer und Sorge. Wirst du deinen Vater jemals lebend wiedersehen?
Doch zur Schlacht kommt es erst gar nicht! Denn die beiden Scouts der Siedler haben die Cheyenne frühzeitig bemerkt. Rasch lenken sie den Treck in ein anderes Gebiet und bringen ihn somit außer Reichweite eurer Pfeile. Du bist unendlich erleichtert.

Ende

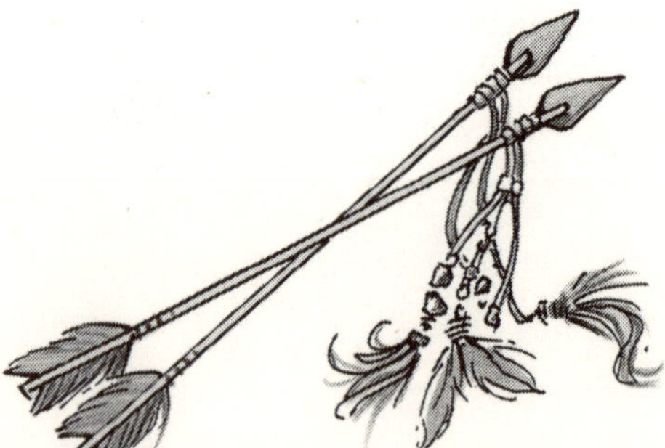

Du schleichst mit Ehawee zu einem Fenster und wirfst einen Blick ins Gebäude.
Treffer! Dort stehen der Bärtige, sein indianischer Übersetzer und einige andere Männer vor einer großen, grob gezeichneten Karte, die an der Wand befestigt ist. Die Männer unterhalten sich, aber ihr versteht die Sprache der Bleichgesichter nicht.
Also konzentrierst du dich auf die Karte. Du erkennst Berge und den Fluss. Außerdem siehst du eine gestrichelte Linie. Sie könnte die geplante Dampfrossstrecke darstellen. Schließlich bemerkst du in Flussnähe einen dicken Punkt. Ist das etwa euer Dorf? Die gestrichelte Linie läuft direkt darauf zu …
Jetzt beginnt der Bärtige, dröhnend zu lachen. Plötzlich zieht er ein Messer vom Gürtel und rammt es in den Punkt. Nun beginnen auch die anderen Gestalten zu lachen.
Du schluckst. Diese Geste ist unmissverständlich. Eure Tipis sind im Weg und die Leute von der Dampfrossfirma wollen sie zerstören!

**Wenn du auf deinem Posten bleibst,
um noch mehr zu erfahren,
lies weiter auf Seite** 18

**Wenn du lieber in dein Dorf zurückkehrst,
um deine Leute zu warnen,
lies weiter auf Seite** 73

86

Der Kerl will sich bestimmt nicht einfach nur mit dir unterhalten, denkst du dir und flitzt los.
Doch der Mann zieht seinen Colt – vielleicht, weil er befürchtet, dass du nachts zurückkehren könntest, um ihm sein Gold zu stehlen. Und dann drückt er ab …

Ende

Na gut, du hilfst den Bleichgesichtern und sorgst dafür, dass sie sich mal wieder so richtig satt essen können.
Dann lassen sie dich gehen. Du schleppst den Sattel heim zu euren Tipis.
Doch dort erntest du nur Gelächter. Ein Indianer braucht keinen Sattel. Er reitet auf dem Rücken seines Mustangs und nicht auf so einem Ding aus Leder!
Der Sattel steht eine Weile hinter eurem Tipi. Als ihr weiterzieht, um der Büffelherde zu folgen, lässt du ihn einfach in der Prärie stehen.

Ende

Es ist dunkel geworden und hohe Flammen züngeln aus den Lagerfeuern. Die Tipis bilden einen offenen Kreis. Ihre Eingänge schauen nach Osten, damit die ersten Sonnenstrahlen hineinfallen. Im Lagerkreis steht ein besonders großes Zelt.
Dein Vater tritt neben dich. „Dort bewahren wir die vier heiligen Pfeile auf", erklärt er dir. „Zwei verleihen uns Kraft über die Büffel. Sind ihre Spitzen auf die Tiere gerichtet, lassen sie sich leichter erlegen. Die anderen beiden Pfeile nehmen wir mit auf den Kriegspfad, denn sie lassen unsere Feinde erblinden. In bestimmten Abständen müssen wir die Kraft der Pfeile erneuern. Dafür brauchen wir die Hilfe der Götter und Geister, die wir heute Nacht rufen werden."
Dir läuft ein Schauer über den Rücken.
Auf ein Zeichen von Hiamovi hin kommt der ganze Stamm zusammen – bis auf die Kinder. Stundenlang wird getanzt, getrommelt und gesungen. Die Schamanin Satinka trägt ein Fell und ihr heiliges Amulett. Tanzend umrundet sie das Zelt mit den Pfeilen und fleht die Geister und Götter um Beistand an. Satinka schreit und kreischt, dann sackt sie auf die Knie. Jetzt ist von ihr nur noch ein beschwörendes Murmeln zu hören.
„Nun ist Satinka den Geistern ganz nah", wispert dein Vater. „Wir brauchen eine Wache, denn die Kraft der Götter ist groß. Unsere Schamanin darf nicht allein bleiben."

Wenn du dich meldest,
lies weiter auf Seite **72**

Wenn du anderen den Vortritt lässt,
lies weiter auf Seite **76**

Die Bleichgesichter greifen euer Dorf im Dunkeln an. Von allen Seiten stürmen sie heran. Sie haben Gewehre dabei, mit denen sie in die Luft ballern.

Es herrscht völliges Chaos. Frauen und Kinder laufen schreiend umher, Pferde brechen aus und rennen alles über den Haufen. Tipis werden von den Schurken in Brand gesetzt.

Akecheta und ein paar andere Männer wollen die Weißen mit ihren Tomahawks angreifen, doch dein Vater Hiamovi kann das Blutvergießen gerade noch verhindern.

Dann reitet der Bärtige heran. Der Indianer, der für ihn übersetzt, eilt zu ihm.

„Ich habe dich gewarnt, stolzer Häuptling“, höhnt der Anführer der Bleichgesichter. „Aber du wolltest nicht hören. Befiehl deinen Männern, die Waffen niederzulegen. Und dann verschwindet ihr vor hier. Ist das klar?“

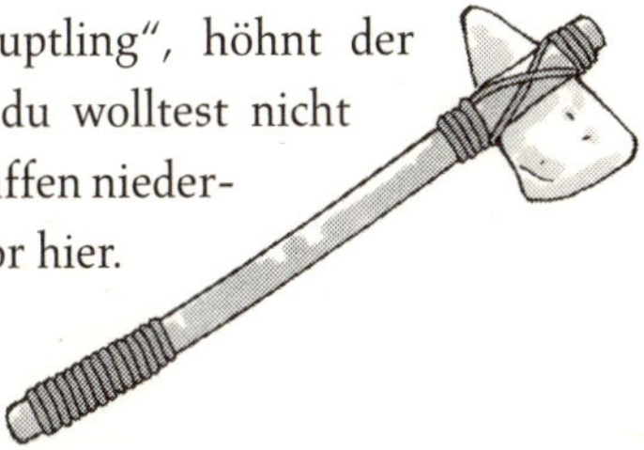

Du siehst deinem Vater an, wie schwer ihm die Entscheidung fällt.

„So sei es“, sagt er schließlich und ordnet an, dass ihr alle euer Dorf verlasst.

Es ist ein trauriger Zug, der da nachts durch die Prärie zieht. Aber immerhin habt ihr keine Verletzten oder gar Toten zu beklagen.

Einige Tage später findet ihr einen neuen Platz, auf dem ihr eure Tipis aufschlagen könnt – weit entfernt von den Weißen.

Ende

Die Zeit verrinnt. Nervös tigerst du in dem dämlichen Stall auf und ab. Schließlich wird es Nacht.

Haben die weißen Männer euer Dorf schon überfallen? Wie geht es deinen Leuten?

Plötzlich hörst du ein Geräusch an der Tür. Dann wird sie aufgeschoben und der Wächter erscheint.

„Lauft weg, schnell!", ruft er euch zu.

Du zögerst einen Moment lang. Was ist nur in den Mann gefahren, warum will er euch zur Flucht verhelfen? Plagt ihn etwa ein schlechtes Gewissen, weil er – der Indianer – zwei andere junge Indianer gefangen hält?

Ehawee nimmt dich bei der Hand und zieht dich aus dem Stall, bevor es sich der Wächter anders überlegen kann.

Du nickst dem Indianer dankbar zu, dann wollt ihr in der Dunkelheit verschwinden.

Doch der Mann hält euch auf.

„Nehmt mich mit!", fleht er. „Ich will diesen Bleichgesichtern nicht länger dienen!"

„Natürlich, komm!", erwiderst du.

Ihr hetzt zurück zu den Tipis und könnt die anderen Cheyenne vor dem bevorstehenden Überfall warnen.

Erfolgreich schlagt ihr die Attacke zurück. Der Wachmann schließt sich eurem Stamm an und ihr werdet beste Freunde.

Ende

Du schaust kurz zu deinem Vater, dem Häuptling. Er gibt dir ein Zeichen, in Deckung zu bleiben. Doch du denkst gar nicht daran. Den Wächter übernimmst du, das wird ein Kinderspiel!
Oder auch nicht …
Denn als du dich von hinten an den Mann heranschleichst, will es der Zufall, dass sich der Kerl umdreht. Und was sieht er? Einen ungeschickten Cheyenne namens Yuma, der gerade auf ihn zukrabbelt!
Der Wächter zieht seinen Colt und ballert in die Luft. Das schreckt alle in der Siedlung aus den Betten. Von überall her stürmen Bleichgesichter heran.
Häuptling Hiamovi ordnet den Rückzug an. Mit knapper Not entkommt ihr den Siedlern. Natürlich ist dein Vater sehr wütend auf dich. Aber nicht nur er. Auch die anderen Mitglieder deines Stammes verfluchen dich! Nur deinetwegen ist der Überfall gescheitert.
Schon am nächsten Tag rücken die Bleichgesichter schwer bewaffnet auf eure Tipis zu und vertreiben euch.

Ende

Hiamovi nimmt einen Stein und wirft ihn gegen einen Stapel mit Schienen und Schwellen.

Alarmiert von diesem Geräusch, marschiert der Wächter dorthin, um nach dem Rechten zu sehen. Dabei kommt er an deinem Vater vorbei, der hinter einem Holzstapel lauert. Wie ein Puma springt Hiamovi aus der Deckung hervor und schlägt das Bleichgesicht nieder.

Jetzt ist der Weg frei!

Rasch legt ihr an mehreren Stellen Feuer. Gierig fressen sich die Flammen durch das trockene Holz.

Plötzlich werden Rufe laut. Die Leute von der Eisenbahngesellschaft haben den Brand bemerkt. Sie unternehmen verzweifelte Versuche, das Feuer zu löschen, doch es hat sich bereits zu weit ausgebreitet.

Lautlos ziehen sich die Cheyenne zurück. Aus sicherer Entfernung beobachtet ihr, wie die gesamten Holzvorräte und weiteres Baumaterial von den Flammen verschlungen werden. So gelingt es euch, den Bau der Dampfrosslinie zu stoppen. Einige Tage später geben die Bleichgesichter die Siedlung auf. Ihr seht sie nie wieder!

Ende

Geduckt verlässt du deinen Posten.
Satinka nimmt davon überhaupt keine Notiz, sie ist immer noch in das Gespräch mit den Göttern und Geistern vertieft.
Vollkommen geräuschlos schleichst du zum Fluss und versteckst dich hinter einem Busch. Dann lässt du deinen Blick über das im Mondlicht silbern glänzende Wasser gleiten.
Düstere Schatten kommen über den Fluss auf eure Tipis zu!
Dein Puls beschleunigt sich. Das sind zweifellos Boote!
Jetzt legen die ersten Kanus am flachen Ufer an. Gestalten springen heraus.
Wer ist das, was wollen die hier?
Nun erkennst du, dass die Kerle Waffen tragen. Tomahawks!
Also handelt es sich um andere Indianer! Wollen sie euch etwa überfallen?
Dir kommt ein böser Verdacht: Die Angreifer könnten es auf eure magischen Pfeile abgesehen haben!

Wenn du versuchst,
erst einmal die Pfeile in Sicherheit zu bringen,
lies weiter auf Seite **41**

Wenn du lieber Alarm schlägst,
lies weiter auf Seite **103**

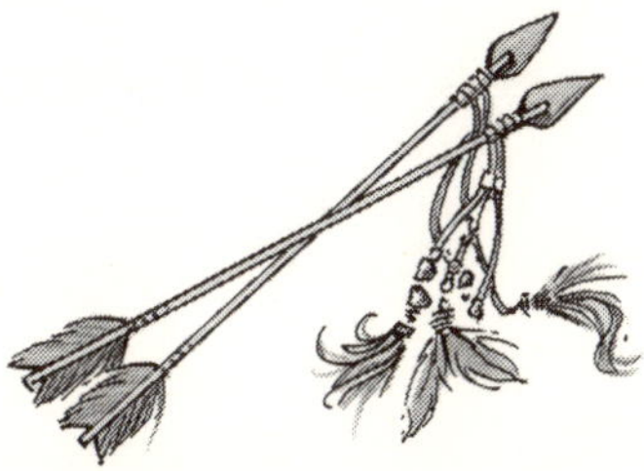

94

Vorsichtig willst du dich zurückziehen. Doch dabei stellst du dich so ungeschickt an, dass die Scouts auf dich aufmerksam werden.
Du willst fliehen, doch die beiden sind viel schneller als du und holen dich ein – und du weißt: Das ist das

Ende

Schon züngelt die erste Flamme an einem der Tipis hoch. Kurz darauf brennt es lichterloh.
Wie beabsichtigt, stürmen die Feinde heran, um den Brand zu löschen. Ihr macht euch aus dem Staub, wollt Hiamovi und die anderen befreien.
Doch am Marterpfahl und dem Pferch sind mehrere Wachen zurückgeblieben – damit hast du nicht gerechnet.
Mutig stürzt ihr euch auf die Wachen. Doch ihr habt keine Chance, man ringt euch nieder. Ehawee, Niyol und du werdet gefesselt.
Als das Feuer gelöscht ist, sperrt man euch zu den anderen eures Stammes.
Die räuberischen Indianer machen noch ein paar böse Späße mit Häuptling Hiamovi, krümmen ihm aber kein Haar.
Während der nächsten Tage wird dein Stamm gezwungen, für die feindlichen Krieger auf die Jagd zu gehen, ihre Pferde zu versorgen und ein neues Tipi zu bauen – als Ersatz für das Zelt, das ihr in Brand gesetzt habt.
Ihr verrichtet die Sklavenarbeit mehr schlecht als recht. Irgendwann haben die Schurken keine Lust mehr auf eure Gesellschaft – sie jagen euch davon wie lästige Kojoten. Immerhin habt ihr jetzt eure Freiheit wieder!

Ende

Bloß weg! Du wirst Hilfe holen, dann werdet ihr den Dieb gemeinsam verfolgen und zur Strecke bringen!
Doch der Medizinmann ist schneller. Das Messer verlässt seine Hand. Der Kerl ist nicht nur ein geschickter Dieb, er ist leider auch ein äußerst geschickter Messerwerfer …

Ende

„Lass uns umkehren“, sagst du. „Die Gefahr, hier abzustürzen, ist einfach zu groß. Außerdem haben wir kaum noch Wasser. Nirgends habe ich eine Quelle gesehen.“
Und so wagt ihr den Abstieg. Unten angekommen, siehst du plötzlich das Steinadler-Weibchen, das über euren Köpfen kreist, als wolle es sich von euch verabschieden.
Du bleibst stehen und beobachtest das schöne Tier. Da entdeckst du am Himmel einen dritten Steinadler.
„Das ist bestimmt ein Jungvogel, der den anderen das Jagdrevier streitig machen will“, vermutest du.
„Mag sein, aber jetzt komm!“, drängt dein Freund. „Sonst verdursten wir noch!“

Wenn du Niyol folgst,
lies weiter auf Seite 38

Wenn du die Adler beobachten möchtest,
lies weiter auf Seite 110

Niyols Plan geht auf: Ihr erreicht die Rückseite. Dort gibt es ein kleines Plateau, auf dem ihr euch kurz ausruht. Über euch ragen die Zinnen in den Himmel. Auch der Horst ist zu sehen. Allerdings müsst ihr jetzt eine etwa zweieinhalb Meter hohe und glatte Felswand überwinden, um weiter hinaufzugelangen.
Fragend schaut dich Niyol an: „Hast du eine Idee?"
„Klar", erwiderst du. „Ich steige auf deine Schultern, ziehe mich hoch und helfe dir dann."
„In Ordnung", sagt dein Freund.
Es funktioniert! Nur eine Minute später bist du oben. Auch hier ist eine kleine, natürliche Plattform. Du legst dich flach auf den Bauch und ziehst deinen Freund zu dir hinauf.
Dann geht es weiter zum Horst. Jetzt kommt ihr gut voran. Dennoch seid ihr völlig erschöpft, als ihr den Horst schließlich erreicht.
Zwei junge Adler im weißen Daunenkleid veranstalten ein Mordstheater, als sie euch nahen sehen. Dein Herz beginnt wie wild zu pochen. Im Horst liegen zahlreiche Federn! Doch da schießen die Vogeleltern heran. Sie scheinen etwas dagegen zu haben, dass ihr die Federn mopst.

Wenn ihr euch sicherheitshalber zurückzieht, lies weiter auf Seite **44**

Wenn du dir eine Feder schnappst, lies weiter auf Seite **112**

Du entdeckst eine Spalte im Gestein. Sie ist gerade breit genug, dass du dich hindurchquetschen könntest. Doch du zögerst noch, spähst erst einmal hinein. Deine Augen werden groß.

Du blickst auf einen Höhlensee mit kristallklarem Wasser. Aus dem See ragt ein mächtiger, nahezu quadratischer Felsklotz. Er ist über und über mit mystischen Zeichen bemalt.

Auf ihm kauert eine Gestalt in einem weiten schwarzen Mantel. Du siehst sie nur von hinten. Nun hebt sie die Arme und stimmt wieder ihren monotonen Gesang an.

Wer ist das? Plötzlich schießt der Unbekannte herum und entdeckt dich. Es ist der Medizinmann! Um seinen Hals baumelt Satinkas magisches Amulett. Und in der rechten Hand hält er ihr Medizinbündel. Der Dieb lacht auf und zieht ein Messer.

Wenn du dich dem Kampf stellst,
lies weiter auf Seite 64

Wenn du fliehst,
lies weiter auf Seite 96

Als die Männer nach einem erfolgreichen Tag in euer Lager reiten, läufst du ihnen entgegen.
„Seht, was ich gefunden habe!", rufst du und streckst den Männern das Gewehr hin.
„Wo hast du das her?", will dein Vater wissen.
Du straffst die Schultern. „Aus Akechetas Tipi! Und ich glaube, dass mit dieser Waffe auf uns geschossen wurde!"
„Wie bitte?", fragt Hiamovi. „Bist du von allen guten Geistern verlassen?"
„Nein!", erwiderst du. „Aber vielleicht kann Akecheta uns das alles erklären ..."
Akechetas Augen funkeln vor Zorn und du fürchtest schon, dass er auf dich losgehen wird. Doch dann senkt er den Blick und murmelt: „Yuma hat Recht. Ich habe das Gewehr der Siedler gestohlen und damit auf meine Stammesbrüder geschossen. Doch ich habe absichtlich danebengezielt!"
„Aber warum?", fragt dein Vater.
„Ich wollte die Bleichgesichter vertreiben", sagt Akecheta. „Doch du, mein Bruder, hast anders entschieden. Ein Fehler aus meiner Sicht. Also wollte ich euch davon überzeugen, dass die Siedler wirklich gefährlich sind ..."
„Du wolltest uns gegen die Bleichgesichter aufhetzen!", sagt Hiamovi empört. „Das hätte Krieg geben können."
Schweren Herzens verstößt er seinen Bruder aus dem Stamm. Auch du bist traurig – und zugleich froh, dass es keinen Kampf gegeben hat. Die Siedler durchqueren vollkommen friedlich eure Jagdgründe.

Ende

„Vorsicht!“, brüllst du, aber Hiamovi kann dich nicht hören. Breitbeinig steht er da und schießt seinen ersten Pfeil ab, der einen Bison zur Strecke bringt. Nach wie vor scheint Hiamovi die Gefahr nicht zu bemerken.
Sekunden später wird er von dem anderen Tier auf die Hörner genommen und zur Seite geschleudert.
„Nein!“, schreist du.
Trotz der Gefahr läufst du zu ihm. Hiamovi wirkt benommen und ist nicht in der Lage aufzustehen. Ein Bison springt über dich hinweg, ein Huf trifft deine Schulter und ein Schmerz durchzuckt deinen Körper.
Du ignorierst den Schmerz und zerrst deinen Vater hinter einen großen Stein. Hier seid ihr erst einmal in Sicherheit. Die Herde rast an euch vorbei.
Besorgt beugst du dich über Hiamovi. Er atmet, ein Glück! Aber sein Körper ist mit Schürfwunden übersät.
Er schlägt die Augen auf. „Was für ein Anfängerfehler!“, knurrt er, während er sich mühsam aufrappelt.
„Du scheinst dir nichts gebrochen zu haben“, sagst du.
„Das nicht, aber ich habe mich wie ein Dummkopf angestellt.“ Dann schaut er dich an. „Danke! Du hast mich gerettet. Dafür schenke ich dir den Bison, den ich erlegt habe. Wir werden sagen, dass du es warst, der ihn traf! Dann giltst du als ein großer Jäger!“

Ende

Du stürmst zum Tipi deiner Eltern und reißt sie aus dem Schlaf.
Dein Vater Hiamovi stößt einen lauten Schrei aus, der alle seine Männer alarmiert. Schnell wie der Wind sind sie auf den Beinen und kampfbereit.
Ihr stürzt euch auf die Eindringlinge, die sofort in ihre Kanus zurückweichen. Mit ihren Booten paddeln sie hektisch den Fluss hinunter.
Hiamovi befiehlt, den Kerlen ein paar Pfeile hinterherzuschicken.
Nur zu gern!, denkst du dir.
Dein Pfeil bohrt sich in die Bordwand eines Kanus, und zwar knapp über der Wasserlinie. Es kracht und splittert, als das Geschoss einschlägt. Dann hörst du ein ärgerliches Fluchen.
Lachend siehst du zu, wie das Kanu sinkt. Die drei Indianer an Bord müssen ab jetzt schwimmen.
Dank deiner Wachsamkeit unternehmen die Kerle und ihre Komplizen keinen zweiten Versuch, euch die magischen Pfeile zu rauben.
„Gut gemacht, Yuma!", lobt dein Vater dich.

Ende

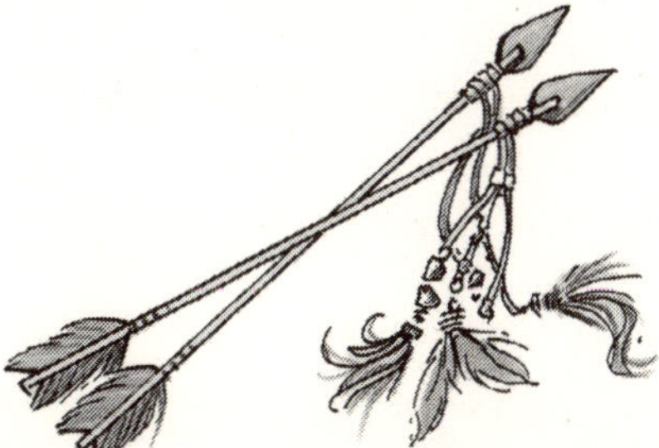

Als es hell wird, macht ihr euch auf die Suche. Vor zwei Tagen hat Niyol ein Stück flussabwärts einen anderen Stamm der Cheyenne beim Fischen gesehen.
Tatsächlich stoßt ihr auf die befreundeten Indianer. Sie sind entsetzt, als sie von dem Überfall hören. Aber sie lehnen es ab, die Täter zu verfolgen, weil sie ihnen zahlenmäßig weit unterlegen sind.
„Es würde vermutlich viele Tote geben und das können wir nicht riskieren", erklären sie euch.
Das siehst du natürlich ein, auch wenn es dir sehr schwerfällt. Wenigstens nehmen euch die anderen Cheyenne bei sich auf. Ihr macht euch bei der Jagd und beim Fischen nützlich und seid bald anerkannte neue Stammesmitglieder.
Doch ihr drei vermisst eure Eltern über alles. Wie mag es ihnen gehen? Sind sie überhaupt noch am Leben?
Viele Tage später erlebt ihr eine wunderbare Überraschung: Häuptling Hiamovi, deine Mutter Lomasi, Akecheta, Satinka und alle anderen aus eurem Stamm tauchen unversehrt wieder auf! Die räuberischen Indianer haben eure Familien freigelassen, nachdem sie diese ausgeraubt hatten.
„Ich glaube, die hatten einfach keine Lust mehr, uns durchzufüttern!", sagt Hiamovi und lächelt sogar ein wenig.

Ende

Anfangs kommst du gut voran. Du steuerst eine dir bekannte Stelle an, die ziemlich seicht ist und wo du schon mal einen guten Fang gemacht hast. Und dann möchtest du in ein dir fremdes Gebiet vorstoßen.
Doch dazu kommt es nicht, denn der Riss in der Bordwand wird immer größer. Wasser strömt in dein Kanu.
Du versuchst es zunächst mit Schöpfen, aber es hat keinen Sinn. Du kannst ja nicht gleichzeitig dein Boot auf Kurs halten. Nach einer Viertelstunde gibst du auf und legst wieder an. Dein Kanu ist halb voll mit Wasser.
Wirklich großartig, schon wieder hast du versagt. Hättest du doch mal lieber den Riss ausgebessert …

Ende

„So, ihr wollt also neue Namen?“, fragt Häuptling Hiamovi, als er mit seinen Männern von der erfolgreichen Jagd zurückgekehrt ist.
Du stehst mit deinem Freund Niyol in der Mitte eines großen Kreises. Der ganze Stamm ist versammelt. Alle schauen euch an, was dich ziemlich nervös macht.
„Ja!“, antwortest du mit fester Stimme.
Niyol nickt nur.
Jetzt stecken Hiamovi und die anderen wichtigen Mitglieder eures Stammes die Köpfe zusammen.
Du wechselst bange Blicke mit deinem Freund. Was denken die sich für euch aus?
Schließlich ist es so weit.
„Wer es schafft, dem mächtigen Steinadler eine Feder zu rauben, darf sich künftig Makya – ‚der Adlerjäger‘ – nennen!“, verkündet der Häuptling.
Du schluckst. Ihr Cheyenne vergöttert den Adler. Eine seiner Federn zu erbeuten, ist eine höchst schwierige Aufgabe, weil Adler in den Bergen leben und ihre Horste an abgelegenen Stellen errichten und verteidigen …
„Macht euch gleich auf den Weg“, fährt dein Vater fort. „Aber denkt dran: Es ist ein Wettkampf, ihr tretet gegeneinander an!“
Auch das noch! Aber nun gibt es kein Zurück mehr.
„Lass uns das erste Stück bis zu den Bergen gemeinsam gehen“, schlägt Niyol vor.

**Wenn du einverstanden bist,
lies weiter auf Seite** **11**

**Wenn du lieber allein gehst,
lies weiter auf Seite** **52**

Du nimmst die Hand von deiner Waffe. „In Ordnung, ich werde dich künftig begleiten."
Wieder dieses eiskalte Lächeln. „Du bist ein sehr vernünftiger junger Mann", erwidert der Dieb. „Ich bin mir sicher, dass wir die besten Freunde werden. Wir werden von Indianerdorf zu Indianerdorf ziehen und unsere magischen Kräfte und Heilkünste anbieten. Überall wird man uns freundlich empfangen und bestens verpflegen. Das wird ein wunderschönes Leben."
Du nickst nur.
Der Medizinmann kommt auf dich zu, das Messer nach wie vor in der Hand.
„Als Zeichen deines Vertrauens solltest du mir dein Tomahawk geben", sagt er sanft. „Den brauchst du ja jetzt nicht mehr."

„Oh ja, natürlich", entgegnest du.
Schon streckst du dem Kerl die Waffe entgegen. Dabei fasst du den Tomahawk an der Klinge an, der Griff zeigt also auf den Medizinmann.
Jetzt greift der Kerl danach – ein Fehler! Denn du schlägst ihm blitzschnell erst auf die ausgestreckte Hand, dann auf die andere, die das Messer hält. Die Waffe fällt klirrend zu Boden. Du machst einen Satz auf den Dieb zu und beförderst ihn mit einem Schlag unters Kinn ins Land der Träume.
Dann schnappst du dir das Medizinbündel und das Amulett und bringst beides zurück zu Satinka. Damit machst du sie überglücklich.

Ende

„Die führen doch etwas im Schilde“, sagst du leise zu Ehawee. Ihr Name bedeutet „Lachen“. Meistens ist deine Freundin auch gut gelaunt, doch heute ist ihr Gesicht finster wie eine Gewitterwolke.

„Das glaube ich auch“, murmelt sie.

„Wir müssen herausfinden, was sie vorhaben“, schlägst du vor.

„Ja, damit wir keine böse Überraschung erleben.“ Ehawee schaut zu den Erwachsenen, die sich gerade wieder ihren verschiedenen Arbeiten zuwenden. „Lass uns den Weißen nachschleichen.“

Heimlich verlasst ihr euer Dorf und folgt den Hufspuren der bleichgesichtigen Reiter.

Nach einer halben Stunde Fußmarsch erreicht ihr eine kleine Siedlung am Fluss. Sie besteht aus Holzhäusern. Einige Gebäude sind noch im Bau. Zudem gibt es einen großen Lagerplatz mit Baumaterial für das Dampfross und die Häuser.

Vor einem Saloon sind mehrere Pferde angebunden. Das könnten die Tiere von dem Bärtigen und seinen Männern sein. Aber auch beim Haus der Eisenbahngesellschaft stehen Rösser.

„Und jetzt?“, fragt Ehawee dich.

**Wenn du in den Saloon gehst,
lies weiter auf Seite** 56

**Wenn du dich für das Gebäude der
Eisenbahngesellschaft entscheidest,
lies weiter auf Seite** 85

SALOON

Der junge Adler stürzt sich auf das Weibchen. Es entbrennt ein spektakulärer Kampf. Immer wieder schießen die beiden Vögel mit ausgefahrenen Krallen aufeinander zu. Begeistert beobachtest du ihre akrobatischen Manöver in der Luft.

Doch dann kommt das ältere Männchen hinzu und hilft dem Weibchen beim Verteidigen des Reviers. Gemeinsam hacken sie mit ihren spitzen Schnäbeln auf den Eindringling ein, der die Flucht ergreift.

Das Brutpaar verfolgt ihn noch ein Stück und attackiert ihn dabei immer wieder.

Und dabei – oh Wunder – verliert der Störenfried einige Federn, die euch fast genau vor die Füße segeln!

Ihr könnt euer Glück kaum fassen. Strahlend hebt ihr die Federn auf. Jetzt habt ihr das, wonach ihr gesucht habt!

Zu Hause bekommt ihr neue Namen.

Feierlich verkündet der große Häuptling Hiamovi vor den versammelten Stammesmitgliedern: „Aus dir, mein Sohn Yuma, wird nun Makya, ‚der Adlerjäger'. Und du, Niyol, sollst künftig Paco heißen: ‚der Adler'."

Von allen Seiten brandet Jubel auf und du fällst deinem besten Freund lachend in die Arme.

Ende

Wie ein Präriehase flitzt du in Richtung der Tipis. Unterwegs siehst du Akecheta und die anderen beiden Jäger. Auch sie können sich in Sicherheit bringen.
Völlig ausgepowert kauert ihr im Dorf. Die Frauen haben euch Wasser gebracht, doch Akecheta lehnt ab. Er ist besorgt, schaut immer wieder zu dem Feuer.
„Wird es das Dorf erreichen?", fragt deine Mutter Lomasi. „Müssen wir die Tipis abbrechen?"
Lomasi bedeutet „schöne Blume", und eigentlich ist sie immer fröhlich. Doch jetzt ist ihr Gesicht starr vor Angst.
Akecheta brütet vor sich hin. Er gibt keine Antwort.
Da ergreifst du die Initiative. „Sollen wir nicht die Tipis und unsere Sachen auf die andere Seite des Flusses bringen?"
Lomasis Gesicht hellt sich auf. „Gute Idee! Lasst uns keine Zeit verlieren!"
Im letzten Moment könnt ihr euer gesamtes Hab und Gut sowie die Pferde retten.
Dein Plan funktioniert. Der Wasserlauf dient als natürliche Feuerschneise.
Wenig später kehren auch Hiamovi und die anderen Jäger zurück. Sie haben einen Bison erlegt – und jetzt hat sogar Akecheta wieder gute Laune.

Ende

112

Jetzt seid ihr schon so nah dran! Du zupfst eine Feder aus dem Horst, der aus Ästen besteht und innen mit Blättern ausgepolstert ist.

Auch Niyol schnappt sich eine Feder.

„Schnell, weg hier!“, rufst du.

Hektisch beginnt ihr mit dem Abstieg.

Doch die Adlereltern greifen euch an. Prompt verliert ihr das Gleichgewicht und stürzt in die Tiefe.

Ende

Das wäre doch gelacht! Jetzt hast du es schon so weit geschafft. Auch diese gefährliche Stelle wirst du irgendwie meistern.
Du konzentrierst dich und greifst hinter dich. Die Finger deiner rechten Hand ertasten eine Ritze, in der du dich festkrallen kannst. Auch deine linken Finger finden Halt. Jetzt löst du die Beine von der Felswand und baumelst nur noch an deinen Armen. Schnell weiter!
Die rechte Hand greift wieder nach hinten, doch da ist nichts, woran du dich festhalten kannst!
Hektisch suchst du nach einer Lösung, aber du findest keine. Und die rettende Wand erreichst du auch nicht mehr …

Ende

Unter deiner Führung robbt ihr zu den Pferden der Feinde. Hier sehr ihr auch die Mustangs eures Stammes. Niemand bewacht die Tiere. Sehr gut!
Ihr treibt die Pferde der Diebe vom Lager weg. Die Mustangs schnauben und wiehern lautstark.
Das alarmiert eure Gegner. Sie stürmen herbei, um ihre Pferde wieder einzufangen. Es entsteht ein heilloses Durcheinander.
Da fällt niemandem auf, dass du mit Ehawee und Niyol zum Marterpfahl schleichst. Mit einem der Tomahawks durchschneidest du die Fesseln deines Vaters. Dann befreit ihr auch die anderen Stammesmitglieder.
Erst jetzt schlägt einer der Feinde Alarm. Zu spät. Inzwischen haben sich Hiamovi, Akecheta und die anderen mit den überall herumliegenden Waffen ausgerüstet und gehen auf die Diebe los.
Der Kampf ist kurz, aber hart. Die räuberischen Indianer werden in die Flucht geschlagen. Mit euren Pferden und den heiligen Pfeilen kehrt ihr zurück zu euren Tipis. Und das ist vor allem dein Verdienst!

Ende

Ihr seid zu viert. Im Rücken der Bisons kommt ihr der Herde immer näher. Schließlich robbt ihr durchs Grasland.
Auf ein Zeichen von Akecheta hin lasst ihr zwischen euch etwa fünfundzwanzig Meter Abstand.
Jetzt hebt Akecheta den Arm und deutet auf den Boden. Du weißt, was das zu bedeuten hat: Feuer legen!
Wenig später züngeln die Flammen empor. Da der Wind von hinten kommt, treibt er das Feuer wie gewünscht auf die Herde zu.
Das erste Tier hebt witternd den Schädel und muht. Sofort setzt sich die Bisongruppe in Bewegung und trampelt auf die Jäger um Hiamovi zu. Du freust dich: Alles läuft wie geplant!
Oder auch nicht.
Denn plötzlich schlägt der Wind um. Die Flammen verharren einen Moment, dann wechseln sie die Richtung und kommen in rasender Geschwindigkeit zurück – genau auf dich und die anderen zu! Pferde habt ihr nicht mit, das wäre zu auffällig gewesen.

Wenn du dich auf einem nahen Felsbrocken in Sicherheit bringen willst, lies weiter auf Seite 43

Wenn du die Beine in die Hand nimmst, lies weiter auf Seite 111

116

Bei allen guten Geistern, ist das kalt! Aber du bist wild entschlossen, die heiligen Dinge aus dem See zu fischen. Und so tauchst du immer wieder hinab.

Der See ist mindestens drei Meter tief und dir geht jedes Mal schnell die Luft aus. Immer wieder drehst du Steine um und greifst in Ritzen und Spalten.

Nach zahllosen vergeblichen Versuchen bist du völlig erschöpft. Du schlotterst vor Kälte, dein Atem geht stoßweise. Aber du gehörst nicht zu den Menschen, die leicht aufgeben. Wieder und wieder probierst du es. Und nach einer gefühlten Ewigkeit hast du schließlich Erfolg! Zuerst findest du das Amulett, dann das Medizinbündel.

Prustend tauchst du auf. Dann beeilst du dich, die Höhle zu verlassen.

Draußen lässt du dich von der Sonne wärmen und untersuchst Satinkas Schätze. Alles scheint unversehrt zu sein, das Wasser konnte den magischen Dingen offenbar nichts anhaben. Ein Glück!

Und so kehrst du zur Schamanin und den anderen Mitgliedern deines Stammes zurück. Du wirst als mutiger Held gefeiert!

Ende

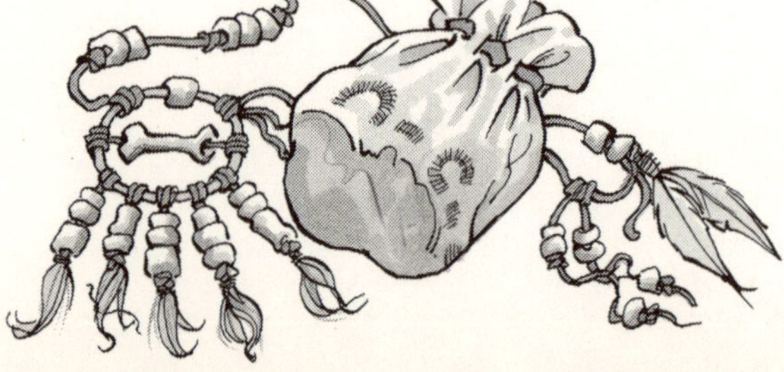

Leseprobe aus dem
Ravensburger Taschenbuch 52542
„1000 Gefahren im Reich des Maharadschas“
von Fabian Lenk

„Langsam!“, rufst du deinem Elefanten zu. Er heißt Gopal. Du bist Kiran, ein indischer Elefantentreiber. Man nennt euch auch Mahuts. Gerade sitzt du auf Gopals Nacken. Das mächtige Tier zieht einen schweren Marmorblock hinter sich her. Gopal ist sehr intelligent und kräftig, aber du musst ihn manchmal bremsen, damit er sich nicht zu schnell verausgabt.

Du bist wahnsinnig stolz, dass dir der drei Meter große und über viertausend Kilo schwere Elefant so gut gehorcht. Den Ankus, eine Stange mit spitzer Klinge und seitlichem Haken, brauchst du fast nie.

Mit einem leichten Druck deiner Schenkel und leisen Kommandos dirigierst du Gopal zu der Baustelle, auf der ihr arbeitet. Gemeinsam mit tausend weiteren Mahuts und ihren Elefanten sowie zwanzigtausend Arbeitern hilfst du dabei, das Taj Mahal zu bauen. Das gewaltige Bauwerk ist jetzt, im Jahr 1648 nach Christus, fast fertig.

Jedes Mal, wenn du dich dem Taj Mahal näherst, ergreift dich Ehrfurcht. Das schneeweiße Grabmal mit seinen wunderschönen Kuppeln und Minaretten steht auf einer hundert mal hundert Meter großen Plattform aus Marmor am Fluss Yamuna. Umgeben ist es von einem riesigen Garten mit Blumen und Teichen.

Indiens Herrscher, der Maharadscha Shah Jahan, lässt das Taj Mahal für seine verstorbene Frau Mumtaz Mahal bauen.

Lies weiter auf Seite 8

Das prächtige Gebäude soll für alle Zeiten an die große Liebe des Maharadschas erinnern. Achtundzwanzig verschiedene Edelsteinarten funkeln in der Fassade des Taj Mahal um die Wette, darunter Smaragde, Achate und Lapislazuli. Sie bilden Wörter, ganze Sätze und kunstvolle Blumenmuster. Kein Material ist dem Herrscher zu teuer und kein Weg zu weit, um es herbeischaffen zu lassen.

Das lockt natürlich auch Diebe an. Überall sind Aufseher postiert, die die Arbeiter im Auge behalten. Auf der Baustelle herrscht auch heute wieder ein unglaubliches Gewusel. Zimmerleute, Maurer, Gerüstbauer, Steinmetze, Stuckateure und Maler sind im Einsatz. Kommandos erschallen, Peitschen knallen. Unbarmherzig brennt die Sonne auf Arbeiter und Tiere herab.

Du erreichst mit Gopal dein Ziel in der Nähe des Flusses. Dort wird euch der Marmorblock von Steinmetzen abgenommen, die ihn weiter bearbeiten.

Du gönnst Gopal und dir eine kleine Pause und lenkst ihn ans Wasser. Gopal hebt den Rüssel und trompetet freudig. Dann marschiert er in den seichten Fluss und spritzt euch beide von oben bis unten nass.

Plötzlich werden wütende Rufe hinter euch laut.

Wenn du sie ignorierst,
lies weiter auf Seite 54

Wenn du nachschaust, was da los ist,
lies weiter auf Seite 10

Ist etwa ein Dieb in die Privaträume des Maharadschas eingedrungen?, fragst du dich und schlüpfst in den Saal hinter der Tür.
Du staunst nicht schlecht. Was für eine Pracht! In der Mitte des Raumes erhebt sich ein plätschernder Brunnen in Form einer Blüte. Drum herum liegen flache Sitze mit fein bestickten Kissen. An den Wänden hängen Seidenteppiche, die Shah Jahan bei der Jagd oder in Siegerpose nach einer erfolgreichen Schlacht zeigen, und an der Decke …
„He, was machst du da?", ertönt es hinter dir.
Du fährst herum.
Zwei Palastwachen stürmen auf dich zu und ergreifen dich.
„Du mieser kleiner Dieb!", brüllen sie dich an.
„Aber nein, ich …", hebst du an zu sagen, doch die Wachen lassen dich nicht zu Wort kommen.
„Du hast den Wachmann draußen niedergeschlagen und dann bestimmt etwas gestohlen!", ruft einer der Männer und durchsucht dich.
Bei mir wirst du nichts finden, denkst du und bleibst ruhig. Irrtum! Denn plötzlich hält die Wache einen Ring in den Händen.
„Das ist der Beweis! Dafür werfen wir dich in den Kerker!"
Verzweifelt schüttelst du den Kopf. Der Wächter muss dir den Ring zugesteckt haben, als er dich durchsucht hat.
Die Wachmänner führen dich zu einem finsteren Verließ.

Wenn du versuchst zu fliehen,
lies weiter auf Seite **37**

Wenn du das lieber lässt,
lies weiter auf Seite **27**

Du rennst aus dem Wasser und läufst zu einem Händler, der von einer Menschenmenge umringt ist. Der Mann steht vor einem Gasthaus und fuchtelt aufgeregt mit den Armen.
„Ein Dieb!", kreischt er. „Ein Dieb hat meine Smaragde gestohlen!"
Nun kommen auch mehrere Aufseher hinzu.
„Ich bin gerade erst in Agra angekommen", klagt der Händler. „Ich wollte mich in diesem Gasthaus ein wenig erfrischen und stärken, bevor ich die Edelsteine abliefere. Also habe ich die Steine im Zimmer gelassen und eine Kleinigkeit gegessen. Als ich die Edelsteine holen wollte, musste ich feststellen, dass jemand sie gestohlen hat! Jetzt bin ich ruiniert. Und der Maharadscha wird mich auspeitschen lassen, weil ich seine Steine nicht liefern kann!"
Du überlegst. Der Dieb hatte nicht viel Zeit, um in das Zimmer des Händlers einzubrechen. Aber woher wusste er, dass er dort so wertvolle Edelsteine finden würde?

**Wenn du versuchst,
der Sache auf den Grund zu gehen,
lies weiter auf Seite** **42**

**Wenn du dich lieber
um deinen eigenen Kram kümmerst,
lies weiter auf Seite** **32**

Der Mann verschwindet kurz in den Büschen, dann taucht er wieder auf – und schaut genau in deine Richtung.
Du hältst den Atem an. Hoffentlich sieht der Kerl dich nicht!
Endlich wendet er sich ab und geht zurück in seine Hütte.
Du machst weiter und zerstörst Kette für Kette. Als du schließlich fertig bist, kletterst du auf Gopals Rücken und führst die Herde zurück zu eurem Lagerplatz. Dort befreist du Arjun und die anderen. Natürlich sind alle mächtig stolz auf dich – vor allem dein Vater!
In der Morgendämmerung setzt ihr euren weiten Weg nach Rajasthan fort. Im nächsten Dorf informiert ihr einen Boten und sorgt dafür, dass das Räubernest von den Soldaten des Maharadschas gestürmt wird.

Ende

12

Am nächsten Morgen brichst du mit dem Maharadscha und seinem Gefolge auf.

Shah Jahan trägt edle Seidengewänder und reitet auf Gopal. Du läufst nebenher und führst das Tier. Das ist natürlich ungewohnt für dich. Auf der anderen Seite freust du dich, dass der Herrscher Indiens gerade deinen Elefanten als Reittier auserkoren hat. Dein Vater Arjun wäre bestimmt stolz.

Euer Weg führt tief in den Regenwald hinein. Der Zug wird angeführt von einem Mann namens Vimal, der sich in dieser Gegend bestens auskennt und behauptet, den weißen Tiger hier schon mal gesehen zu haben.

Unterwegs kommt ihr an bis zu fünfunddreißig Meter hohen Salbäumen mit zwei Meter dicken Stämmen vorbei, an bunten Orchideen und Farnen mit riesigen Blättern. Mücken schwirren um dich herum.

Werden wir den weißen Tiger finden?, fragst du dich.

Nach dem ersten Tag lautet die Antwort: nein.

Der Maharadscha ist ein wenig ungehalten. Dann ordnet er an, erneut ein Lager für die Nacht aufzuschlagen.

Als du dich spät am Abend völlig erschöpft neben Gopal auf deine Matte legen willst, siehst du, wie Vimal das Lager verlässt. Was hat er vor – nachts, mitten im Dschungel?

Wenn du ihm nachschleichst,
lies weiter auf Seite 59

Wenn du dich lieber schlafen legst,
lies weiter auf Seite 113

Ravensburger Bücher

1000 GEFAHREN
DU ENTSCHEIDEST SELBST!

Geniale Pässe

ISBN 978-3-473-**52516**-4

Hammerharte Schüsse

ISBN 978-3-473-**52361**-0

www.ravensburger.de

Ravensburger

RTB_14_005

Ravensburger Bücher

1000 GEFAHREN
DU ENTSCHEIDEST SELBST!

Starke Gladiatoren

ISBN 978-3-473-**52498**-3

Gefährliche Pläne

ISBN 978-3-473-**52501**-0

RTB_13_016

www.ravensburger.de

Ravensburger